Pfefferminzbruch

Zuckersüß & Bitterböse

von

Tanja Wahle

www.lalala-hamburg.de

Impressum

© 2020 copyright by Tanja Wahle, Hamburg

Autorin: Tanja Wahle
www.lalala-hamburg.de
info@lalala-hamburg.de

Covergestaltung: Ariane Hessenius
www.art-of-hessenius.de

Autorenfoto: Stefan Wahle
www.buch.guru

Herstellung und Verlag:

BoD- Books on Demand, Norderstedt

ISBN 978-3-7392-1932-5

Für meine „Flugbegleiter." Danke, dass Ihr bei mir seid beim Starten, Fliegen und Landen und Ihr nicht müde werdet, mich nach Bauchlandungen wiederaufzurichten. Ohne Euch wäre vieles in meinem Leben gar nicht möglich!

Warnhinweis

Einige der folgenden Geschichten nehmen unerwartete Wendungen; ursprünglich wollte ich im Inhaltsverzeichnis kennzeichnen, welche Geschichte in welches Genre gehört, aber einigen Geschichten hätte das auch ein bisschen den Überraschungseffekt genommen. Also habe ich sie nicht gekennzeichnet. Lediglich zwei Geschichten haben hinter den Seitenzahlen ein Ausrufungszeichen und sind vielleicht eher nichts für Zartbesaitete.

Viel Spaß beim Lesen!

Titel	1
Impressum	2
Widmung	3
Warnhinweis	5
Inhaltsverzeichnis	7
Vorwort	9
Magischer Moment	12
Schöne Aussicht	26
Ein Geschenk des Himmels	36
Soviel du brauchst	54
Das Bärenherz	69
Coffee to fly, coffee to go	80
An einem Dienstag im Oktober	82
Gestern	83
28 Tage	85
Lieblos und egoistisch	86
Erinnerungen	93
Unentschlossen	97!
Holunderblüten-Apfel-Tee	115
Ich werde dich nie vergessen	135!
Der Mann für mich	147
Weihnachtstradition	174

Vorwort

Was verbinden Sie mit Pfefferminzbruch? Alle Menschen, die ich dazu befragt habe, verbinden damit den Besuch auf einem Jahrmarkt oder einem Freizeitpark. Glückliche Kindheitserinnerungen, die oft einen bestimmten Geruch oder Geschmack haben. Für mich hat Pfefferminzbruch den Reiz, dass er schon im Namen trägt, dass er nicht mehr unversehrt ist. Er ist Bruch; und trotzdem ist der genauso, wie er sein soll. Denn was für einen Sinn würde ein vollkommener Pfefferminzbruch machen. Für mich ist Pfefferminzbruch wie das Leben. Man kostet es und es schmeckt frisch, süß und manchmal nimmt es einem auch den Atem. Das Leben besteht selten aus einem perfekten Stück, sondern aus süßen und bitteren Splittern. Aus Momenten und Ereignissen.

Schönen und weniger schönen. Doch all diese Splitter machen letztlich aus jedem Leben etwas Besonderes, denn kein Splitter ist wie der andere. Für mich bedeutet Leben, Dinge auszuprobieren. Ich wollte schon immer schreiben, aber es sollte ein Bestseller werden. Wer mit diesen Zielen anfängt, wird selten seinen eigenen Ansprüchen gerecht werden. Um sich weiterzuentwickeln, muss man Erfahrungen sammeln. Gute und schlechte Erfahrungen. Ja, das tut manchmal weh, bringt einen aber dazu zu wachsen. Seit ich versuche, die Verletzungen, die einem ein Leben das man wirklich lebt, zufügt, nicht als Schicksalsschläge, sondern als Wachstumsschmerzen zu sehen, hat sich meine Einstellung zum Leben geändert. Habe ich schon einen Bestseller geschrieben? Nein! Vielleicht werde ich es auch nie tun. Aber wenn man ehrlich ist, steigt die Wahrscheinlichkeit doch erheblich an, wenn man erstmal anfängt überhaupt zu schreiben.

Deshalb habe ich mich für Pfefferminzbruch entschieden. Pfefferminzbruch ist eine Mischung aus Erlebtem und Erdachtem; oftmals in einer Geschichte. Welcher Teil wozu gehört, bleibt mein Geheimnis. Meines und das derer, die an den Geschichten manchmal beteiligt waren.

Magischer Moment

Neulich erzählte eine Autorin in einer Talkshow, was für ein Schicksal ergebenes Tier der Bandwurm sei. Sie erklärte das damit, dass es unglaublich vieler Glücksfälle bedürfe, damit überhaupt die Bedingungen erfüllt seien, einen Bandwurm zum Leben zu erwecken. Vielleicht sind der Bandwurm und ich uns ähnlicher, als ich dachte. Wenn ich mir überlege, was für Abläufe dieser Tag gehabt hatte. Das hätte so niemand planen können.

Alles fing schon damit an, dass ich morgens mit Halsschmerzen aufwachte. Dann lag ich eine Stunde lang apathisch im Bett, weil mir der Rest meines Körpers auch weh tat. Schließlich schaffte ich es doch noch, meiner Kollegin eine SMS zu schreiben, dass ich später kommen würde, weil ich krank sei. Zu Hause bleiben war an diesem Tag leider keine Option, weil meine Kollegin einen Außendiensttermin hatte. Ja, ich weiß: wenn man krank ist, ist man krank und bleibt einfach im Bett. Da haben wir ja schon den ersten Punkt der Bandwurm-Theorie: Alles wäre anders gekommen, wenn ich im Bett geblieben wäre.

Irgendwann quälte ich mich aus dem Bett. Alles an diesem Morgen war eine Tortour. Das Aufstehen an sich. Zähneputzen. Duschen ließ ich gleich ganz aus. Der Gedanke, mich auszuziehen und mich dann auch noch von der Dusche nassregnen zu lassen. Brrr... ein schauderhafter Gedanke. Auf dem Weg zur Bahn ging ich noch schnell beim Postfach vorbei.

Na ja, schnell ging an diesem Morgen gar nichts. In der Post fand ich unter anderem einen Brief vom Pflegeheim meiner Oma, die mich zum Gedenkgottesdienst einluden. Und einen Brief meiner Kirche, mit dem gleichen Anliegen. Gedenkgottesdienst... ach Omi. Ich merkte, wie mir die Tränen in die Augen stiegen. Ich erinnerte mich daran, dass mein Pastor in einem seiner Gottesdienste mal gesagt hatte, Trauer käme in Wellen. Manchmal ist es eine Weile ruhig und dann trifft es einen wieder. Oma war erst im Mai gestorben und jetzt war November. Sie fehlte mir. Nicht so, wie sie zum Schluss gewesen war, sondern so, wie ich sie als Kind an meiner Seite hatte. Sie war dement gewesen in den letzten Jahren. Verwirrt, verletzlich, ein kleiner Haufen Mensch. Der Gedanke an sie, wie sie in den letzten Jahren gewesen war, trieb mir wieder die Tränen in die Augen. Meine Omimi, wir hatten uns so geliebt.

Ich schüttelte die Gedanken ab und programmierte den Gottesdienst in mein Handy. Ich war verletzlich an diesem Tag. Ich war krank, traurig und alleine. Ich fühlte mich wie eine riesige offene Wunde. Der Weg zur Firma ging an mir vorüber. Keine Ahnung wie ich hinkam, aber um 12.00 Uhr war ich da. Der Gedanke um 17.30 Uhr wieder im Bett zu liegen hielt mich aufrecht. Mein Chef, der wirklich sehr nett war, aber eben mein Chef, begrüßte mich mit den Worten: „Na, wie geht es Ihnen?" ich nickte und meinte trocken: „Ich werd's wohl überleben." Er nickte ebenfalls und meinte: „Prima, drüben liegen zwei Fristabläufe." Ich lächelte ihn an und sagte: „Tja, dann geh ich mal... rüber... in mein Büro." Der Tag ging vorbei und ich lag nicht um 17.30 Uhr im Bett. Um 17.30 Uhr meinte mein Chef: „Wenn sie das noch eben fertigmachen, kann ich das morgen noch mitnehmen." Ich lächelte stumm und ergeben und machte die Schriftsätze fertig.

Als ich endlich aus der Firma kam, war der Plan direkt zur Bahn zu gehen, beim Supermarkt Zucker für selbstgemachten Hustensaft zu kaufen und direkt ins Bett zu gehen. Ich ging am direkten Zugang zur Bahn vorbei in Richtung Supermarkt. Keine Ahnung warum. Ich grüßte die Obdachlose, die vor der Tür des Supermarktes stand um die Zeitschrift „Hinz und Kunzt" zu verkaufen und beschloss dort nicht einzukaufen. Der war eh zu teuer.

So schlenderte ich in Richtung nächste Bahnstation. Ich sah in die Schaufenster und auch irgendwie wieder nicht. Am Rathausmarkt wollte ich in die Apotheke. Ach, auch Quatsch. Ich hatte noch heiße Zitrone zu Hause. Ich ging die Treppe zur Bahn hinunter. Unten angekommen sah ich noch die Rücklichter der soeben abfahrenden Bahn. Die Bahnsteiganzeige sprang um. Der nächste Zug würde in vier Minuten kommen. Aber ich konnte nicht warten an diesem Tag. Ich weiß nicht warum. Ich verließ die Bahnstation. Ich ging weiter durch die Stadt. Ich ging und dachte, dachte und ging.

Dachte so darüber nach, warum ich es gar nicht eilig hatte nach Hause zu kommen, obwohl ich so müde und erschöpft war durch meine Erkältung. Es war November halb sieben Uhr abends. Die Stadt sah wunderschön aus so beleuchtet. Ich nahm nicht den Weg über die Haupteinkaufsstraße. In der zweiten Reihe war es viel ruhiger. Einen kurzen Moment spielte ich mit dem Gedanken bei meinem Lieblingschinesen „Dim Sum" essen zu gehen. Ich hatte im Laufe meines Lebens gelernt, dass man durchaus auch alleine Essen gehen konnte. Aber es macht in Gesellschaft schon mehr Spaß. Ich ging weiter. An der Ecke war ein

Brautmodengeschäft. Ich warf einen flüchtigen Blick ins Schaufenster und ging weiter. Aber irgendetwas hielt mich zurück. Ich kehrte um und stand eine Weile vor dem Fenster. Ich sah mir die Brautkleider an. Kleider für einen besonderen Tag. Ein besonderer Tag an dem zwei Menschen „Ja" zueinander sagen. Ich mag Hochzeiten. Es ist nicht unbedingt das Kleid oder eine große Feier. Es ist einfach der Gedanke, dass sich auch in der heutigen Zeit, die oft zu kalt, schnell und unpersönlich ist, es immer noch Menschen gibt, die sich finden. Zwei Menschen, die sich vorstellen können den Rest ihres Lebens miteinander zu verbringen.

„Ertragt einander in Liebe und bemüht Euch die Einheit des Geistes zu wahren, durch den Frieden der Euch zusammenhält." Ich dachte an mein Brautkleid, das seit fast zehn Jahren im Schrank hing. Ich war eine schöne Braut gewesen. Wir waren ein schönes Paar gewesen. Es war ein besonderer Tag gewesen. Viel war seitdem passiert. Mittlerweile waren wir Freunde. Geschieden, aber Freunde. Darauf waren wir sehr stolz. Es konnten nicht viele Paare, die sich getrennt hatten, von sich behaupten, dass sie noch Freunde waren. Es war nicht immer einfach gewesen, aber wir hatten es geschafft. Das wenigstens hatten wir geschafft.

Ich sah den Hochzeitstisch im Fenster. Haarschmuck, ein Ringkissen, Brautschmuck, Schuhe und inmitten des Ganzen ein Familienstammbuch. Ein Familienstammbuch. Das mochte ich auch an Hochzeiten. Es stand ein Plan dahinter. Ein großer und guter Plan. Der Plan der Pläne. Wer heiratet, will eine Familie gründen. Babys. Wundervolle, speckige und gut riechende Babys. Ich verließ den Ort vor dem Schaufenster und ging weiter.

Ich beschloss, den gesamten Weg nach Hause zu Fuß zu gehen. Als ich darauf wartete, dass die Ampel grün wurde, sah ich neben mir die Station einer S-Bahn, mit der ich nie fuhr. Die Bahn hielt zwar nicht genau bei mir zu Hause, aber ich würde nicht ganz so weit laufen müssen. Ich ging hinunter auf den Bahnsteig und sah, dass die Bahn in einer Minute kommen würde. Ich stieg ein und ging auf einen leeren Vierer-Sitzplatz zu. Ich setzte mich hin und sah in Gedanken versunken kurz zu dem Vierer-Platz auf der anderen Seite des Ganges. Ich blickte genau in ein paar warme braune Augen. Verwirrt blickte ich zur anderen Seite und sah aus dem Fenster. Die Bahn stand noch im Bahnhof und ich sah nur mein eigenes Gesicht in der Spiegelung des Fensters. Und ich sah ihn. Er blickte immer noch zu mir herüber. Ich lächelte und sah, wie er in der Spiegelung des Fensters zurücklächelte. Als wir in den nächsten Bahnhof einfuhren, stand er auf und ich stellte überrascht fest, dass ich enttäuscht war, dass er jetzt aussteigen würde.

Aber er stieg nicht aus. Er blieb im Gang stehen, nickte mit dem Kopf auf den Platz mir gegenüber und sagte: „Darf ich?" Mein Kopf war verwirrt, mein Hals entzündet und mein Herz hüpfte. Ich entschied, dass Lächeln und Nicken genügen musste. Er nahm seine Mütze ab und darunter kam ein brauner Haarschopf zum Vorschein. Seine Haare waren ein bisschen gelockt und für meinen Geschmack ein bisschen zu lang, aber es passte zu ihm. Er knautschte seine Mütze mit beiden Händen und drehte sie herum. Er hatte die Arme auf den Oberschenkeln abgelegt und sich damit ein bisschen zu mir herüber gebeugt. Wir schauten beide sehr konzentriert dem Schauspiel der drehenden Mütze zu. Keiner von uns sagte etwas. Ich konnte mir nicht helfen. Ich musste grinsen. In dem Moment sah auch er von der Mütze auf und grinste zurück. „Is' irgendwie komisch," meinte er, „aber da ich nicht wusste wie weit du fährst, dachte ich mir, ich sollte dich schnell ansprechen." Er rang nach Worten. „Ich war auch ein bisschen enttäuscht, weil ich eben dachte, du würdest jetzt aussteigen," sagte ich in seine Überlegungspause. Er schien mich gar nicht gehört zu haben und sprach nach kurzer Pause weiter: „Ich mach' das eigentlich nicht, aber ich dachte....", er brach erneut ab und sah mich lächelnd an. „Du warst enttäuscht?" Ich sah ihn mit großen Augen an und sagte leise: „Das war dann wohl die Stelle, an der ich besser hätte lügen sollen." Er griff nach meiner Hand und sagte leise: „Nein, ganz und gar nicht." Die Bahn hielt und ich sah, dass es meine Station war. „Ich muss hier raus", flüsterte ich ohne meine Hand aus seiner zu nehmen. Er stand wie selbstverständlich auf und wir stiegen gemeinsam aus.

Die Bahn fuhr ab und wir standen wortlos auf dem Bahnsteig und sahen uns an. Ich hatte eine rotgeschnupfte Nase, meine Augen waren entzündet rot, ich war nicht geschminkt, meine Haare waren weder frisch gewaschen noch frisiert und mein Gesicht war fiebrig rot und fleckig. Aber all das schien vollkommen egal, denn er sah mich an als wäre ich... wunderschön? Perfekt? Ich war noch nie in meinem Leben so angesehen worden. Ich konnte mich auch nicht erinnern, dass ich jemanden jemals so intensiv angesehen hatte. Wir standen einfach da. Die Bahnen kamen und fuhren wieder. Irgendwann beugte er sich zu mir herunter und ich dachte er würde mich küssen. Ich hätte ihn gerne geküsst. Aber er küsste mich nicht. Er legte einfach seine Wange an meine. Er fühlte sich kühl an und roch unfassbar gut. Ich hörte ihn an meinem Ohr atmen. Ich schloss die Augen und stellte fest, dass es mir gut ging. Er war mir vertraut. Wie konnte das sein? Nach einer Weile spürte ich seine Lippen an meiner Wange. Er küsste mich nicht. Seine Lippen glitten einfach sanft und ohne Eile von meinem Ohr bis zu meinem Mund. Während eine seiner Hände in meinen Nacken glitt und sanft in die Haare an meinem Hinterkopf fuhr, küsste er unglaublich zärtlich meine Lippen. Winzige Berührungen auf meiner Oberlippe von einem Mundwinkel zum anderen. Nach einer kleinen sehnsuchtsvollen Ewigkeit küsste er mich. Es war ein perfekter Kuss. Einfach unbeschreiblich. Ich ließ die Augen geschlossen während er in atemlosem Flüstern „Hallo" sagte und ich erwiderte ebenso atemlos „Hallo." Er wiederholte es noch einmal „Hallo" und es klang gar nicht mehr wie ein Flüstern und er begann an meiner Schulter zu rütteln. Verwirrt öffnete ich die Augen und befand mich einem Sicherheitsmitarbeiter der Bahn gegenüber der in geschäftsmäßigem Ton sagte: „Endstation, sie müssen hier aussteigen." Ich nickte nur, unfähig etwas zu sagen und fand mich kurz darauf auf einem zugigen Bahnsteig wieder. Mit enttäuschten Schmetterlingen im Bauch und einem warmen Gefühl in meinem ganzen Körper, lächelte ich.

Schöne Aussicht

Sie lächelte und zog den Kragen ihrer Jacke hoch. Die Aussicht von hier war ebenso unglaublich wie die Stille hier oben. Die Fenster der gegenüberliegenden Häuser waren dunkel. Der Strom war schon vor Wochen abgeschaltet worden. Aber die Stadt war trotzdem hell. Überall brannten Feuer. Von hier oben hörte man die Protestschreie nur noch ganz schwach, wenn der Wind ungünstig stand. Es hatte etwas Surreales. Die Elbe, die sie im Feuerschein unter sich sah, wirkte irgendwie beruhigend. Die Signalhörner der Schiffe tönten vom Hafen herüber. Es war wie ein geheimes Zeichen. Ganz bewusst atmete sie tief ein. Es war merkwürdig, sie fühlte sich ganz ruhig. In ihrem Inneren breitete sich eine Geborgenheit aus, die sie schon seit Jahren nicht mehr gefühlt hatte. Eine Geborgenheit, die sie eigentlich nie in ihrem Leben gefühlt hatte. Es hatte einige Männer in ihrem Leben gegeben. Sie hatten die Leere in ihrem Inneren nicht füllen können. Und sie selber hatte sie auch lange nicht füllen können.

Irgendwann begannen die Demonstrationen in der Innenstadt. Anfangs waren es nur wenige, die sich vor dem Rathaus versammelten. Aber auch diese wenigen Menschen waren mittlerweile so voller Wut, dass ihre Sprechgesänge sie auf merkwürdige Art berührt hatten, wenn sie vom Büro zur Bahn ging. Das Büro. Sie sah wieder hinüber zu den Häusern, die sie aus dunklen Augen anzustarren schienen. Die Fahnen auf dem Dach wehten unbeirrt, aber das Gebäude war längst verlassen.

Während der Sperrstunde traute sich eh kaum noch jemand nach draußen. Sie hatte sich heute schon weit vor der Sperrstunde auf den Weg gemacht. Ungeachtet der Zerstörung, die schon überall wütete, hatte sie auf ihrem Weg hierher die beeindruckende Atmosphäre der alten Speicherstadt und der mystischen Blicke über die Fleete genossen. Das hier war immer ihre Stadt gewesen. Sie hatte nie woanders gewohnt. Sie hatte auch nie woanders wohnen wollen. Auch wenn die Fassade ihrer einstigen Perle langsam bröckelte, ihren Charme würde die Hansestadt nie ganz verlieren. Sie lächelte ein wenig wehmütig.

Hier war es auch gewesen, wo sie ihn kennengelernt hatte. Sie saß auf der Treppe neben der Elbphilharmonie und sah über die Elbe. Sein Schatten fiel über sie und er fragte mit dunkler Stimme: „Ist hier noch frei?" Sie hatte versucht ihre Augen mit der Hand gegen die Sonne abzuschirmen und nach oben geblinzelt. Mit einem traurigen Lächeln hatte sie gesagt: „Das ist ein freies Land mit freien Bürgern." Es war so ein gerne von ihr verwendeter Standardsatz. Und er sah sie nicht unfreundlich aber ernst an und sagte während er sich setzte: „Ist das so?" Sie hatte nicht vorgehabt darauf zu antworten, aber er sah sie unverwandt an. „Bitte?", fragte sie verwirrt und er wiederholte: „Ist das so? Ist das hier ein freies Land mit freien Bürgern?" Sie sah ihn an und dachte, dass sie momentan so gar keine Lust hatte von jemandem angemacht zu werden. Sie war nach dem Büro gleich hierher gegangen. Es war einer ihrer Lieblingsplätze. Es tröstete sie, von hier auf die Elbe und irgendwie in die weite Welt hinaus zu sehen. Ihr Chef hatte ihnen heute gesagt, dass das Büro geschlossen würde. Durch den Bankencrash war die Firma in eine Schieflage geraten und die anhaltenden Unruhen führten dazu, dass sich die Infrastruktur auch in absehbarer Zeit nicht erholen würde. Der Mann neben ihr sah sie weiter unverwandt an. Sie wandte sich ab und sah über die Elbe, als sie sagte: „Ja, vermutlich ist das so. Vielleicht auch nicht. Bitte entschuldigen sie, aber ich habe wirklich keine große Lust auf einen Smalltalk." Sie spürte, wie er sie von der Seite her weiter ansah und atmete tief durch. Dann sagte er leise aber mit fester Stimme: „Ich habe auch kein Interesse an einem Smalltalk. Aber ich bin hier und ich kann zuhören. Sogar sehr gut." Sie hatte ihn nicht noch einmal angesehen und einfach angefangen zu erzählen. Und irgendwann, während sie sprach, waren ihr Tränen über ihr Gesicht gelaufen, ohne, dass sie es bemerkt hatte. Sie hatte ihm alles erzählt. Ihre ganze Verzweiflung. Keines ihrer Ziele hatte sich erfüllen lassen, obwohl sie so hart dafür gekämpft hatte. Und jetzt hatte sie ihre letzte

Basis verloren; ihren Job. Und der Mann neben ihr hatte Wort gehalten. Er hatte zugehört und nichts gesagt. Er hatte sie nicht versucht zu trösten. Er berührte sie nicht. Er hatte schlicht gesagt: „Ich teile deinen Schmerz." Und sie hatte bitter gelacht und ihre Tränen getrocknet. Er hatte sich nicht beirren lassen und gesagt, er würde noch mehr Menschen kennen, die ein ähnliches Schicksal teilten. „Sind sie Therapeut?", fragte sie mit einem scheuen Lächeln. Sie hasste Therapeuten. Und er hatte zurückgelächelt und gesagt: „So ähnlich." Er hatte ihr erzählt, dass sie sich nicht weit von hier trafen. Er und die Menschen mit dem ähnlichen Schicksal wie sie. Sie konnte es nicht erklären, aber sie vertraute ihm. Es gab keinen Grund dafür; sie kannte ihn nicht, aber sie vertraute ihm.

So ging sie mit ihm, weil zu Hause eh niemand auf sie wartete und lernte die Menschen kennen die ein ähnliches Schicksal teilten wie sie. Während der ersten Treffen hatte sie nicht verstanden, worum es ging. Sie traute sich auch nicht zu fragen. Sie hatte Angst, die anderen würden sie für dumm halten. Und sie war sich schon so oft dumm vorgekommen in ihrem Leben. Und so lauschte sie den Gesprächen während der Treffen. Die Menschen faszinierten sie. Sie waren so entschlossen und hoffnungsfroh, denn sie hatten ein gemeinsames Ziel. Sie wollten ein Zeichen setzen. Sie verstand lange nicht, was das gemeinsame Zeichen war, das sie setzen wollten, sie wusste nur, sie wollte dazugehören. Dazugehören. Sie hatte schon immer dazugehören wollen. Zu irgendwas. Zu ihrer Familie. Zu ihren Freunden. Zu ihren jeweiligen Männern. Aber sie war allein gewesen. Einsam und allein. Bis sie diesen mysteriösen Mann und die Menschen an seiner Seite kennengelernt hatte. Sie hatte sich so gut aufgehoben gefühlt. Und dann hatten sie das erste Mal vor der Elbphilharmonie gestanden. Diesem niemals vollendeten Bau, der langsam zerfiel. Jeder hatte ein Los gezogen, um seinen Standort zu erhalten. Der Mann hatte alles sorgsam in einen Plan und eine Liste eingetragen. Sie hatte einen der schönsten Plätze gezogen, wie er ihr versicherte. Und sie hatte sich als privilegiert gefühlt. In ihrem ganzen Leben hatte sie noch nie einen schönen Platz bekommen.

Als er ihnen den Termin nannte, war sie überrascht gewesen. Überrascht, weil der Termin sehr zeitnah lag. Überrascht, weil sie keine Angst empfand. Überrascht, weil sie eine nie geahnte Leichtigkeit empfand. Sie empfand das Leben plötzlich als leicht. Sie lachte viel und war so gelöst. Ihre Familie war glücklich sie so entspannt zu sehen. Und sie freute sich einfach an ihrem Leben, das ihr plötzlich so unglaublich unbeschwert vorkam. Und so hatte sie sich heute auch auf den Weg gemacht zu ihrem besonders schönen Platz. Unbeschwert, ruhig, leicht und glücklich. Es war merkwürdig gewesen so frei von Ballast zu gehen. Sie hatte die Haustür hinter sich zugezogen ohne abzuschließen. Ihre Schlüssel, das Handy und die Handtasche hatte sie eh zu Hause gelassen. Sie hatte geduscht, sich sorgfältig geschminkt und ein wunderschönes Kleid angezogen, das sie sich extra für den heutigen Tag gekauft hatte. Ihre Haare fielen ihr glatt und schwer bis zur Mitte des Rückens. Sie sah wunderschön aus. So stand sie nun mit den vielen anderen Menschen verteilt im ganzen Gebäude. Sie sah sich kurz um und sog das Bild in sich auf. Allein auf ihrer Etage standen dreißig Menschen und blickten so wie sie auf das zerstörte und auf morbide Weise schöne Bild, dass Hamburg nach Monaten der Straßenkämpfe bot.

Als sie die ersten Schläge des Michels hörten, ging ein Raunen durch die Menschen und gespannte Vorfreude machte sich breit. Sie trat an den Rand der Betonplattform, sah noch einmal auf die brennende Stadt, bevor sie die Augen schloss und zusammen mit all den Menschen, die ein ähnliches Schicksal wie sie teilten, zum elften Schlag der Turmuhr einen Schritt nach vorne machte. Gemeinsam fielen sie lautlos in dieser dunklen, trostlosen Novembernacht in der Hoffnung darauf, dass sie im nächsten Leben ohne all ihren Ballast ankommen würden.

Ein Geschenk des Himmels

Neulich war im Himmel einiges los. Warum? Ganz einfach: für die alteingesessenen Seelen stand die Körpervergabe bevor. Die Seelen schwirrten aufgeregt durcheinander und flüsterten einander zu: „Was werden wir wohl für einen Körper bekommen? Mensch oder Tier? Was steht uns wohl bevor?" Eine Seele war besonders aufgeregt, denn sie hatte sich vorgenommen, egal was für einen Körper sie bekam, sie wollte sich ein ganz besonders schönes Leben machen.

So senkte sich langsam der Abend über den Himmel. Das Gewisper wurde weniger und weniger. Nach und nach schliefen alle Seelen ein. Nur bei der einen wollte sich der Schlaf nicht einstellen. Putzmunter und mit offenen Augen träumte sie davon, wie ihr Leben auf der Erde wohl werden würde. Als sie endlich glücklich einschlief, graute bereits der Morgen.

Es kam wie es kommen musste. Als die kleine Seele am nächsten Morgen erwachte, war es schon spät..., sehr spät..., vielleicht zu spät...? Aufgeschreckt sprang sie auf, sah sich um und erschrak. Alle anderen Seelen waren fort! So schnell wie möglich machte sie sich auf den Weg zum großen Tor, wo alle Seelen von den Engeln ihre Körper bekommen sollten.

Als die Seele am Tor ankam, standen schon viele, viele Seelen vor ihr in der Schlange. Wer durch das Tor ging, bekam vom Engel und seinem Gehilfen den ihm zugedachten Körper. Man sah viele Männer und Frauen, die einmal Sportler, Ärzte, Anwälte oder Arbeiter werden sollten. Doch wurden am Tor nicht nur einfache Leben vergeben. Manch einer bekam schon von Anfang an ein schweres Los zugeteilt. So gab es Versehrte, denen ein Arm oder ein Bein oder sonst ein Körperteil fehlte.

Auch die Keime für leichte oder schwere Verfehlungen oder Krankheiten wurden bereits hier im Himmel vergeben. Manch schweres Schicksal stand einigen bevor. Wie sie es meisterten, würde darüber entscheiden, ob sie nach Ablauf ihrer Zeit wieder in den Himmel kommen durften.

Es wurden aber nicht nur menschliche Körper vergeben. Auch Tiere wurden zur Erde geschickt: Hunde, Katzen, bunte Vögel, Kamele und so einiges mehr an großen und kleinen Tieren.

Die kleine Seele wartete Stunde um Stunde geduldig...

Dann plötzlich, es standen nur noch drei Seelen vor ihr in der Schlange, schloss sich das Tor. Die Seelen, die noch vor ihr gewartet hatten, schlichen enttäuscht davon. Nur die kleine Seele rief voll Inbrunst: „Nein, nein, das könnt ihr doch nicht machen. Ich warte doch schon so lange." Aber der Engel sagte: „Es tut mir leid, du kommst zu spät. Alle Leben sind schon vergeben." „Das kann nicht sein", rief die kleine Seele, „seht doch noch einmal nach." Der Engel zog die Augenbrauen zusammen, sah auf die kleine Seele herab und sagte mit tiefer, strenger Stimme und erhobenem Zeigefinger: „Zweifelst du etwa an unserer Weisheit, Klugheit und unserer Gabe"? „Nein", sagte die kleine Seele nicht im Geringsten eingeschüchtert, „aber ich muss einfach runter auf die Erde." Der weise Engel schüttelte den Kopf. Da ertönte hinter ihm ein kleines Stimmchen, das sagte: „Entschuldigt, weiser Engel, wenn ich euch widerspreche, aber wir haben doch noch ein paar Überbleibsel. Könnte man daraus nicht noch etwas machen?!" In den Augen der kleinen Seele flammte Hoffnung auf. Der weise Engel wirkte unentschlossen. „Ich weiß nicht... es ist wirklich nicht viel, was da übrig ist." „Bitte", flehte die kleine Seele, „lass es mich versuchen." „Na gut", meinte der weise Engel, „lass uns sehen, was noch übrig ist." Er wandte sich ab und ging zu einem großen hölzernen Sekretär. Darauf lag ein riesiges leuchtendes Buch. Als er die Seiten aufschlug, stieg Sternenstaub daraus auf. Alles wurde in goldene Stäubchen getaucht. Während er das Buch durchblätterte, schüttelte er immer wieder den Kopf und schnalzte mit der Zunge. Der Engel-Gehilfe nickte immer wieder eifrig und notierte wie ihm geheißen. Die kleine Seele blickte immer wieder aufgeregt von einem zum anderen. Dann, nach einiger Zeit, trat der weise Engel zu der Seele und sagte: „Wir haben alle Überbleibsel zusammengetragen und wenn du möchtest, könntest du ein Kater werden. Ja, zugegeben, du würdest recht klein zur Welt kommen, denn für mehr reichen die Fellreste nicht aus und Du wirst ziemlich bunt sein, aber...." Die kleine Seele hüpfte vor Freude auf und ab und rief immer wieder: „Ja, ja, gerne werde ich ein Kater und dass ich klein sein werde, stört mich nicht. Ich werde wachsen und wenn ich erstmal groß bin...." Der weise Engel blickte betrübt erst auf seinen Gehilfen und dann auf die kleine Seele. Als die Seele das bemerkte, hörte sie auf zu hüpfen und sagte angstvoll: „Was ist denn? Was verschweigt ihr mir?", und als der weise Engel seufzte und noch immer nicht sprach, rief die kleine Seele: „Jetzt sagt es endlich...!" Der weise Engel sah die kleine

Seele mitleidig an und sprach: „Du wirst nicht lange auf der Erde bleiben können. Wir können dir nur noch zwei Jahre mitgeben.

Du wirst Deine Probleme haben; beim Sehen und beim Gehen und auch sonst wirst du es nicht leicht haben. Willst du trotzdem gehen?" Traurig und ernst blickte die kleine Seele den großen weisen Engel an und schluckte, dann sagte sie mit fester Stimme: „Ich gehe und ich werde mich bemühen, das Beste aus meinem Leben zu machen." „Nun dann...", sagte der weise Engel und schmunzelte ein wenig, weil ihm der ungebrochene Mut der Seele imponierte. Er gab seinem Engel-Gehilfen ein Zeichen das große Tor noch einmal zu öffnen.

Die kleine Seele schwebte hinaus und die beiden Engel sahen, dass er trotz der Überbleibsel ein sehr schöner Kater geworden war, auch wenn er etwas unbeholfen war. Der

Kater hob ein letztes Mal die Pfote zum Gruß und machte sich auf den Weg zur Erde.

Ernst blickten die beiden Engel ihm nach. „Er wird es wahrhaftig nicht leicht haben" sagte der weise Engel. „Können wir denn gar nichts für ihn tun?", fragte der Engel-Gehilfe mit trauriger Stimme. Der weise Engel hob ratlos die Schultern, dachte einen Moment nach und dann, man konnte sehen, wie sich die Falten auf seiner Stirn glätteten, ging ein Strahlen über sein Gesicht und er sagte: „Doch, das können wir. Wir geben ihm einen lieben Menschen an seine Seite...."

Lautes Mauzen und wildes Bellen schwoll an und ab. Menschen schlenderten durch Käfigreihen. Kinder hüpften vor Hunden oder Katzen auf und nieder und während sie mit der einen Hand auf das jeweilige Tier zeigten, zupfte die andere Hand an der Jacke des Vaters oder dem Kleid der Mutter. Mit strahlenden Augen plapperten sie auf die Erwachsenen ein. Die meisten jedoch schüttelten nur den Kopf und sahen sich beim Verlassen des Hauses genötigt, eine kleine Spende zu hinterlassen. Sichtlich erleichtert verließen sie dann mit den tränenüberströmten Sprösslingen auf dem Arm das Tierheim und fragten sich, welcher Teufel sie eigentlich geritten hatte, überhaupt hierher zu kommen.

In einem dieser Käfige saß die kleine Seele in ihrem neuen Katerkörper. Er wusste nicht mehr genau, wie er eigentlich hierhergekommen war. Jetzt saß er jedenfalls hier und sah Mensch um Mensch verschwommen an sich vorübergehen. Der weise Engel hatte nicht übertrieben, besonders gut waren seine Augen nicht geworden. Er fragte sich, wie lange er wohl noch hierbleiben musste. Schließlich wusste er ja, wie begrenzt seine Zeit war. „Egal", sagte er zu sich, „es wird schon werden." Er rollte sich zusammen und fühlte sich ein wenig einsam. „Morgen", sagte er sich, „ist schließlich auch noch ein Tag."

Einige Tage später...

„Hey, was soll denn das!", hilflos und aufs Tiefste empört, strampelte er mit den Beinen um sich, als er von zwei Händen hochgehoben wurde. Er hörte Stimmen und sah verschwommene Gestalten und dann schloss sich die Käfigtür wieder. Nur... er war jetzt auf der anderen Seite. Er war draußen!! Kaum hatte er sich mit der neu gewonnenen Freiheit angefreundet, wurde er mit sanftem Druck in einen anderen, viel kleineren Käfig geschoben. Und dann ging es los... Auf und ab, hin und her wankte der kleine Käfig. Er befürchtete schon, sein Frühstück nicht bei sich behalten zu können. Sehen konnte er auch nicht viel. Oh, man, was geschah jetzt nur mit ihm.

Er hörte etwas klimpern, dann schloss sich eine Tür und... rums, wurde sein Käfig auf den Boden gestellt. Die Tür öffnete sich und ein Gesicht erschien in der Öffnung. „Na komm", lockte die Stimme, „das ist dein neues Zuhause." Na, das klang ja vielversprechend, obwohl er nicht genau wusste, was die Stimme mit „neu" meinte. Er hatte doch noch gar kein Zuhause gehabt. Nach einer Weile verschwand das Gesicht. Doch keine Zeit für Entspannung, da tauchte auch schon ein Arm auf und angelte nach ihm. Der kleine Kater wand sich hin und her, doch es nützte mal wieder nichts, der Arm packte ihn. Und dann, er konnte es kaum glauben, sah er zum ersten Mal sein Zuhause und sein Frauchen. Nett sah sie aus, überhaupt sah hier alles sehr nett aus. Zumindest das, was er erkennen konnte. Sein neues Frauchen streichelte ihn beruhigend und sagte mit leiser Stimme: „Na, du Süßer, jetzt brauchst du keine Angst mehr haben. Ich bin's doch nur, Niki. Jetzt wollen wir doch mal sehen, was du für ein hübscher Kerl bist. Und einen Namen brauchen wir natürlich auch noch für dich." Niki-Frauchen überlegte einen Moment und meinte dann: „Wie wäre es mit Sam?!" Sam stieß ein kleines Mauzen aus und Niki meinte lachend: „Das soll wohl ja heißen." Unter Nikis Streicheleinheiten entspannte Sam sich langsam. Nun war er wirklich auf der Erde angekommen. Und, das musste er zugeben, es gefiel ihm wirklich gut hier.

Sam hatte es wirklich toll getroffen. Er hatte ein tolles Leben. Es ging ihm einfach himmlisch... oh, Entschuldigung, das sollte keine Anspielung sein, verzeih mir weiser Engel. Sooft der weise Engel auch nach seinem Schützling sah, stellte er fest, dass dieser es wirklich gut ging. Sam hatte ein liebevolles, sorgendes Frauchen und eine Spielkameradin namens Bodo. Obwohl es nicht wirklich die große Liebe zwischen Bobo und Sam war, mochten sie sich doch sehr gern. Bobo war eindeutig noch Raubtier und hatte ihren Jagdinstinkt behalten. Oft schlich sie mit geschmeidigen Bewegungen durch ihr Revier. Sie war zierlich und hatte ein glänzendes, schwarzes Fell. Sie jagte für ihr Leben gern, zum Beispiel klingelnde Fellmäuse. Wohingegen Sam diese Dinge eher suspekt waren. Er blieb wie er gemacht war: Tollpatschig, verspielt und mit den Hinterpfoten immer schneller als mit dem Rest. Seine Abenteuer bestanden zum Beispiel darin, nahezu vollständig in einer leeren Chipstüte zu verschwinden. Wenn er allerdings drin war, bemühte er sich nach Kräften, ja beinahe panisch, der heimtückischen Tüte wieder zu entkommen.

Eines Tages, als Besuch im Haus war, schlich Sam in die Küche. Jemand beugte sich zu ihm herab und streichelte ihn. Sowas gefiel ihm natürlich. Als die Hand sich ihm näherte, war Sam neugierig. Er glaubte an ein Spielzeug und um es besser erreichen zu können stütze Sam sich mit den Vorderpfoten auf der Kante der Sitzfläche des Küchenstuhles auf. Sams neugieriges Näschen bewegte sich der Hand folgend. Er streckte den Kopf in den Nacken, weit... weiter...noch weiter.... Oh, oh, ooooooh. Plumps! Noch bevor Sam wusste wie ihm geschah, lag er auf dem Rücken und hatte keine Ahnung, wie das nun wieder geschehen war. Das Gelächter war groß, als er sich wieder aufrappelte, doch Sam wäre nicht Sam gewesen, wenn er gekränkt gewesen wäre. So trottete er also unverdrossen, als wäre nichts geschehen, in Richtung Wohnzimmer.

Des Nachmittags pflegte Sam ein Schläfchen zu halten. Er träumte davon, ein starker Kater zu sein. Seinen strampelnden Beinen war anzusehen, dass er sich vermutlich auf der Jagd befand. Doch trotz aller unerfüllter Träume: Sam liebte sein Leben und zwar genauso wie es war. Wusste er doch genau, dass er es beinahe gar nicht bekommen hätte.

So verging die Zeit...

Sam fing an zu vergessen, dass sein irdisches Leben nur von beschränkter Dauer war. Der weise Engel jedoch sah, wie Sam ein ums andere Mal diese merkwürdigen Zuckungen bekam. Auch Niki blieb das natürlich nicht verborgen. Doch der Tierarzt konnte nichts feststellen.

Dann, eines Nachts, am Ende der zwei Jahre, passierte es plötzlich: Sam wusste gar nicht wie ihm geschah. Von Krämpfen und Schmerzen gequält wusste er nicht, was er tun sollte. Hilflos lief und sprang er in der Küche herum. Auch Bodo war ganz verwirrt. Sie wusste nicht, was mit ihrem liebgewonnenen Freund geschah.

Plötzlich flammte Licht auf: Da stand Niki in der Küchentür, müde, jedoch zutiefst alarmiert. Sie versuchte Sam zu greifen, doch es war beinahe unmöglich. Sein kleiner Körper gehorchte ihm nicht mehr.

Nach einer schier endlos scheinenden Nacht, fuhr Niki dann am nächsten Tag mit Sam zum Tierarzt. Sam hatte mittlerweile begriffen, dass der weise Engel wohl mit seiner baldigen Rückkehr rechnete. Die Tierärztin war sehr nett zu ihm und auch zu Niki. Mit ruhiger Stimme teilte sie Niki mit, dass es wahrscheinlich nicht mehr viel Hoffnung gab. Niki jedoch wollte sich noch nicht von Sam trennen. Schließlich wusste sie nichts von weisen Engeln und Überbleibseln. Doch als sie sah, wie sehr er litt, entschied sie sich tränenüberströmt, ihn von seinen Leiden erlösen zu lassen. So bekam Sam also zuerst die beruhigende und dann die befreiende Spritze. Als sein Körper starb, war die kleine Seele bereits auf dem Rückweg zum Himmelstor, wo der weise Engel und sein Gehilfe bereits auf sie warteten.

Die kleine Seele lächelte den beiden entgegen und noch bevor der weise Engel etwas sagen konnte, meinte sie: „Es ist egal, wie lang oder kurz mein Leben war, ich hätte mir kein schöneres vorstellen können." Der weise Engel nickte langsam. Er hatte verstanden. Dann nahmen die Engel ihn in ihre Mitte und so gingen sie gemeinsam durch das große Tor zurück in den Himmel.

Und Niki? Sie trauerte um Sam. Sie trauerte sogar eine ganze Weile, obwohl sie wusste, dass es richtig gewesen war, Sam von seinen Schmerzen zu befreien. Und obwohl sie nichts wusste oder ahnte von weisen Engeln oder verpassten Körpervergaben, war sie sich sicher, wann immer ein Gewittergrollen zu hören war, so war Sam im Himmel sicher mal wieder ins Stolpern geraten.

Soviel du brauchst

Er stand am Fenster und blickte in die Nacht. In seiner Hand hielt er einen Becher Tee. Er starrte in die Dunkelheit und wartete darauf, dass dieser helle Streifen am Horizont auftauchen würde. Die Dämmerung würde sich ausbreiten und dafür sorgen, dass der Wald und der See sichtbar wurden. Mit der Zuverlässigkeit eines Uhrwerkes kam sie in die Küche. Er hörte, wie sie die knarrende Türklinke der Küchentür herunterdrückte. Er drehte sich nicht um. Auch nicht, als er ihre nackten Füße auf dem Holzfußboden langsam näherkommen hörte. Er fühlte ihre Arme, die sich langsam und zärtlich um seine Taille legten. Sie schmiegte sich an ihn und dann legte sie ihren Kopf an seinen Rücken und stand einfach so mit ihm da. Nach einer Weile legte er seine vom Teebecher noch warme Hand auf ihre. Wie auf ein geheimes Stichwort drückte er kurz ihre Hand und sie flüsterte zeitgleich ein zärtliches „Guten

Morgen" an seinem Rücken. „Guten Morgen, mein Engel", flüsterte er zurück. Er drehte sich nur soweit zu ihr um, bis er den Arm um sie legen und sie an sich ziehen konnte. Sie sah kurz zu ihm auf und lächelte. Es zerriss ihm fast das Herz, dass ihre Augen jetzt sogar beim Lächeln traurig blieben. Er schloss die Augen und ließ seinen Mund kurz auf ihrem Haar verweilen. Er sog ihren vertrauten Geruch ein und in seiner Magengegend entstand dieses Ziehen. Er hatte Sehnsucht nach ihr. Er vermisste sie schon, obwohl sie noch da war. Genau genommen würde sie ja auch bleiben. Er würde gehen. Bald. Sie legte ihre Hand auf seine Brust und fragte leise: „Soll ich dir noch einen Tee kochen?" Er lächelte und sagte zu ihr: „Wenn ich noch einen einzigen Becher von diesem Baumrindentee trinke, wachsen mir langsam Blätter." Früher hätte sie laut losgelacht und sogar heute wurde ihr Lächeln ein wenig breiter. Ihr Blick allerdings war besorgt, als sie sagte: „Aber er tut dir doch gut, oder?" Er sah sie an und ihm wurde wieder schmerzlich bewusst, wie sehr er sie liebte. „Du tust mir gut", flüsterte er. Sie wussten beide nicht genau, warum sie flüsterten. Die Kinder hätten sie auch nicht gehört, wenn sie lauter gesprochen hätten. Aber es war wie ein Ritual zwischen ihnen. Alles, was morgens in der Küche passierte, war wie ein Ritual. Er dachte immer wieder erstaunt daran, wie es sein konnte, dass er diese Dinge früher nie wahrgenommen hatte. Diese wertvollen Momente mit seiner Frau an jedem einzelnen Morgen. Es war einfach, als würde er keinen einzigen Moment mehr verschwenden wollen. Früher war er morgens auf die letzte Minute aufgestanden. Duschen, rasieren, Zähne putzen, anziehen, das war praktisch alles eine Bewegung gewesen. Er hatte schnell einen Becher Kaffee getrunken und die Worte seiner Frau ignoriert, die ihn jeden Morgen wieder ermahnte, sich doch einen Moment Zeit für die „wichtigste Mahlzeit des Tages" zu nehmen. Er hatte viel gearbeitet, viel Geld verdient. Sie hatten gut gelebt, waren viel gereist. Aber im Rückblick fand er, hatte er zu viel Zeit verschwendet. Zeit, die ihm jetzt fehlte. Er strich seiner Frau über die Haare. Sie hatte es nicht leicht mit ihm gehabt, aber sie war immer an seiner Seite geblieben. So, wie sie es versprochen hatte: In guten wie in schlechten Zeiten. Er hatte sich oft bei ihr entschuldigen müssen. Für Enttäuschungen, verpasste Termine, geplatzte Pläne und nicht gelebte Träume. Als er seinen Job verlor, suchte sie mit ihm zusammen nach einem neuen. Sie motivierte ihn noch, als er schon lange aufgegeben hatte. Das Geld ging ihnen langsam aus. Aber niemand stellte ihn ein. Letzten Endes hatten sie durch die lange Arbeitslosigkeit keine Rücklagen mehr. Schließlich hatten sie beschlossen, seine Lebensversicherung zu kündigen. Es war ein wagemutiger Schritt; wenn ihm etwas zustoßen sollte, wären seine Frau und seine Kinder unversorgt. Aber sie waren positiv gestimmt. Es schien ihnen wie ein Lichtblick am Ende des Tunnels. Sie bezahlten ihre Schulden und er machte sich selbständig. Ein paar Monate lief es richtig gut. Sie waren sich sicher, dass das Schlimmste überstanden war. Anfangs waren ihm die Kopfschmerzen gar nicht so aufgefallen. Er hatte einen stressigen Job. Da war man häufig angespannt und Kopfschmerzen blieben da nicht aus. Als er beim Zähneputzen im Bad das erste Mal zusammenbrach, ahnte er, dass es nicht einfach nur ein Hang zur Migräne war, was sich da in seinem Kopf abspielte. Er ging zum Arzt und kam mit einer Diagnose zurück, die seine Welt bis in die Grundfesten erschütterte. Ein Hirntumor. Inoperabel. Es begann eine Zeit, die dunkler war als alles, was er bisher erlebt hatte. Die Behandlungen kosteten ihn seine ganze Kraft. Und langsam kroch die Angst in ihm hoch. Er hatte nie geweint. Aber jetzt lag er Nächte lang wach und manchmal konnte er die Tränen einfach nicht mehr zurückhalten. Seine Frau schmiegte sich dann wortlos an ihn. Dieser Schicksalsschlag machte sie beide sprachlos. Trotzdem hatte er das Gefühl, dass sie sich noch nie vorher so nah gewesen waren. Sie hielt sie beide aufrecht. Er hatte keine Ahnung, woher sie die Kraft nahm. Er war froh, dass sie bei ihm war, als der Arzt ihm neben vielen Fachbegriffen, die er nicht verstand, sagte, er wäre austherapiert. Austherapiert. Das hieß mit anderen Worten, wir schicken sie zum Sterben nach Hause. Er fühlte sich wie betäubt. Sie hatte die Frage gestellt, die er sich nicht zu stellen traute: „Wie lange noch?" Die Antwort hatte ihnen beiden den Atem genommen: Sechs Monate. Maximal. Sie weinten gemeinsam. Sechs Monate. Was sollte aus seiner Familie werden? Er würde sie zurücklassen. Alleine. Mittellos. Er fing an zu beten. Er kniete nicht nieder. Er faltete nicht die Hände. Er war einfach nur verzweifelt.

Etwa zur gleichen Zeit traf er ihn zum ersten Mal. Er saß auf der Bank, oben auf dem Berg, mit Blick in das Tal. Er saß dort und sah in die wunderschöne Natur. Und jetzt saß da auch dieser Mann. Anfangs grüßten sie sich nur höflich. Sprachen ansonsten aber kein Wort. Nach einiger Zeit fingen sie an, sich zu unterhalten. Nach und nach wurden sie immer vertrauter miteinander. Irgendwann erzählte er ihm, dass er bereit wäre, sich mit seinem Tod abzufinden, wenn er wüsste, dass für seine Familie gesorgt wäre. Eines Nachmittags, als sie auf der Bank nebeneinandersaßen und er dem Mann wiedererzählte, dass er alles geben würde, um seine Familie versorgt zu wissen, zog sich der eben noch sonnige Himmel zu. Das Licht wurde surreal und die Augen des alten Mannes schienen zu brennen, als er zu ihm sagte: „Wenn ich deine Hand halten kann, wenn du an dieser Krankheit stirbst und du dich mir vollkommen hingibst, dann gebe ich dir für deine Familie alles, was sie brauchen." Er hatte nicht verstanden und der Mann hatte gesagt: „Du bekommst für deine Familie so viel du brauchst. Sag mir nur, was es ist." Seither stand er Nacht um Nacht am Fenster mit seinem Teebecher in der Hand. Er hatte gesagt, sie bekommen so viel sie brauchen. Aber wie viel war das? Seine Kinder waren noch klein. Auch ihre Wünsche waren noch klein. Aber sie würden wachsen; die Kinder und die Wünsche. Und seine Frau? Wie viel brauchte sie? Er war ratlos. Jede Nacht rechnete er, trank seinen Tee, der seinem Körper Kraft geben sollte gegen die Krankheit. Jeden Morgen kam sie in die Küche und umarmte ihn. Was brauchten sie? Er rechnete in ihren alten Kontoauszügen herum; als es ihnen noch finanziell gut gegangen war. Die Kinder sollten Sport machen, ein Instrument lernen. Vielleicht ein

Haustier haben. Urlaub wäre auch wichtig. Vielleicht sollte er ein eigenes Haus mit einrechnen. Brauchten sie dann nicht auch einen Gärtner? Seine Frau könnte das doch gar nicht alleine schaffen. Vielleicht sollte er einen Babysitter mit einrechnen. Der Mann hatte ihm gesagt, er müsse ihm genau sagen, wie viel seine Familie braucht und genau das würden sie dann auch kriegen. Nicht mehr und nicht weniger. Eben genau „so viel sie brauchen." Und er durfte niemandem von ihrer Vereinbarung erzählen, sonst wäre das Angebot hinfällig. „Sprich mit keinem vertrauten Menschen auf deiner Augenhöhe."
Als der Herbst zur Neige ging, merkte er, wie er schwächer wurde. Die Kopfschmerzen waren schlimm. Er nahm starke Mittel gegen die Schmerzen. Sie fand ihn häufig schlafend am Küchentisch. Entweder hatten ihn die Medikamente erschöpft oder die Schmerzen. Sie hatte so oft schon versucht, ihn von der anstrengenden Rechnerei abzuhalten. Aber er

hatte ihr nur sanft über das Gesicht gestreichelt und gesagt: „Lass es mich tun. Es ist wichtig für mich. Mehr kann ich dir nicht sagen. Du musst mir vertrauen." Und sie hatte nur stumm genickt.

Irgendwann stand er gar nicht mehr auf. Einmal die Woche zwang er sich, zu der Parkbank zu gehen und dem Mann zu sagen, dass er noch zu keinem Ergebnis gekommen war. Eines Morgens wachte er auf, weil sich ein kleiner Körper mit sehr kalten Füßen unter seine Decke strampelte. „Hallo Papa", sagte seine Tochter. „Kann ich noch ein bisschen bei dir bleiben?" Und er hatte sie so fest umarmt, wie er nur konnte und leise ja gesagt, damit sie die Tränen in seiner Stimme nicht hörte. Wenn er doch nur wüsste, was sie brauchte? Sie, sein Sohn und seine Frau. Wie viel brauchten sie? Er merkte, wie seine Zeit langsam zu Ende ging. Bald würde er zu schwach sein, zu der Bank auf dem Berg zu gehen. Er wusste auch nicht genau warum, aber die Worte des Mannes gingen ihm durch den Kopf: „Sprich mit keinem vertrauten Menschen auf deiner Augenhöhe." Seine Tochter war nicht auf seiner Augenhöhe. Er wusste, es machte nicht viel Sinn, aber was hatte er schon zu verlieren. Kinder dachten ja manchmal so viel einfacher als Erwachsene. Das hatte er während seiner Krankheit schon so oft festgestellt. Als sie den Kindern sagten, dass er vielleicht an Weihnachten nicht mehr bei ihnen seien könne, hatte seine Tochter ihn gefragt: „Tut dein Kopf dann nicht mehr weh, da wo du hingehst." Und er hatte ihr das bestätigt. Damit war sie zufrieden gewesen. Es machte ihn traurig, dass er sie nicht würde aufwachsen sehen. „Süße?", sagte er leise zu seiner Tochter. Und sie murmelte schlaftrunken in seinem Arm: „Hmmm." Er versuchte, seine Frage kindgerecht zu formulieren: „Was meinst du, was du am meisten brauchst? Also, wenn du dir etwas wünschen könntest, was wäre das?" Und sie hatte kurz überlegt, ihre kleine warme Hand in sein Gesicht gelegt und gesagt: „Ach, Papi, ich brauch nur dich." Dann hatte sie ihm einen feuchten Kuss auf die Wange gedrückt und verkündet, sie würde jetzt ihre Puppe anziehen und zwar ganz warm, damit sie nicht auch noch kalte Füße bekommen würde. Nachdem sie das Schlafzimmer verlassen hatte, hatte er hemmungslos geweint, gefleht und war verzweifelt gewesen. Er konnte den Verlust seiner Familie nicht ertragen. Er brauchte sie so sehr. Genauso, wie sie ihn brauchten. Ein kleiner Sonnenstrahl stahl sich durch die Vorhänge, als er endlich verstand, dass das die Antwort war.

Er zwang sich aufzustehen. Es dauerte ewig, bis er sich angezogen hatte. Draußen sah es aus, als könnte die Sonne heute scheinen. Aber als er vor die Tür trat, war es bitterkalt. Er kämpfte sich mit letzter Kraft durch die schneidende Kälte. Als er an der Bank ankam, saß der Mann wie immer dort. Er lächelte ihm zu, als er ihn sah. Er setzte sich neben ihn und vermied es, ihn anzusehen. Er hatte das Feuer in den Augen des Mannes nicht vergessen, als dieser ihm den Vorschlag unterbreitet hatte. „Und?", fragte der Mann. „Bist Du zu einem Ergebnis gekommen?" Und er hatte nur genickt und gesagt: „Ich bin es." Der Mann hatte ihn verständnislos angesehen, so dass er wiederholte: „Ich bin es. Ich bin das, was meine Familie braucht." Der Mann sah ihn an und seine Augen flammten wieder auf, so wie an dem Tag, als er ihm das Angebot gemacht hatte. Er öffnete den Mund und wollte etwas sagen, als ein zweiter Mann sich auf die andere Seite der Bank neben ihn setzte. Die beiden Männer sahen sich an. Er saß zwischen ihnen und sah von einem zum anderen. „Was willst du denn hier?" fragte der Mann. Und der andere Mann, den er hier noch nie gesehen hatte sagte, „Ich bin hier, damit du dein

Versprechen einlöst. Du hast ihm versprochen, du gibst seiner Familie, soviel sie brauchen. Und er hat dir gesagt, was seine Familie braucht. Und jetzt gib ihnen, soviel sie brauchen. Gib ihn zurück." Der andere Mann sprang auf und seine Augen schienen Feuer zu sprühen: „Mist... ich war so nah dran."

Er wusste, dass er diese Geschichte niemandem erzählen konnte. Es würde ihm eh niemand glauben. Und so behielt er sie für sich. Aber er dachte jeden Tag daran. Und als er jetzt so dastand, die Kirchenglocken hörte und die Orgel anfing zu spielen, war er sich fast sicher, dass er den Mann, den er an diesem bedeutenden Tag nur ein einziges Mal gesehen hatte, unter den Gästen sah. Doch seine Aufmerksamkeit galt in diesem Moment nur seiner Tochter, die in ihrem wunderschönen Brautkleid neben ihm stand und die er jetzt zum Altar führen würde, um ihre Ehe unter Gottes Segen zu stellen.

Das Bärenherz

Es war einmal ein kleiner Bär, der wuchs zusammen mit seinem großen Bruder-Bär und Mama- und Papa-Bär in einer gemütlichen Bärenhöhle auf.

Der große Bär machte immer seine Hausaufgaben, während der kleine Bär gerne im Gras lag und den Wolken nachsah. Eines Tages fand der große Bär ein nettes Bärenmädchen und sie bekamen selber zwei Bärenkinder.

Der kleine Bär, der mittlerweile auch schon größer geworden war, sah immer noch gerne den Wolken hinterher. Er hatte viele Freunde, mit denen er zusammen den Wolken nachsah oder sie spielten zusammen Ball. Manchmal waren auch Bärenmädchen dabei. Irgendwann glaubte der kleine Bär, dass er krank sei, denn wenn er mit seinen Freunden Ball spielte, dann hüpfte sein Herz manchmal und sein Magen und seine Beine fühlten sich seltsam an. Als er es der Bären-Mama erzählte, sah diese ihn mit einem amüsierten Lächeln an und streichelte ihm seinen Kopf. „Passiert das mit deinem Herz, wenn das Bärenmädchen von nebenan dabei ist?" Der kleine Bär überlegte und dann sah er seine Mama mit seinen großen braunen Augen an und sagte überrascht: „Ja! Das stimmt. Jetzt wo du es sagst, fällt es mir ein, es sind immer zwei Bärenmädchen da, aber es passiert nur bei einem der Bären-Mädchen." Er lief aufgeregt zu seinem besten Bärenfreund, um ihm davon zu erzählen. Dieser war sehr beeindruckt von seiner Entdeckung. Der kleine Bär fragte also beim nächsten Mal, als die Bärenmädchen vorbeikamen, ob sie mitspielen wollten und die beiden sagten ja.

Der kleine Bär war sehr glücklich und sein Herz hüpfte wie verrückt. Jetzt traf er sich öfter alleine mit dem Bärenmädchen und sie beide gingen an Orte, wo sie vorher nie waren. Eines Tages wollte der kleine Bär sein Bärenmädchen von zu Hause abholen, um ihr einen tollen neuen Ort zu zeigen, den er gerade erst gestern entdeckt hatte. Als er bei ihrer Höhle ankam, war sie nicht alleine. Sein bester Bärenfreund war auch da. Er stand neben dem Bärenmädchen und hielt ihre Hand. Das Bärenmädchen sagte ihm: „Ich möchte jetzt mit ihm gehen." Der kleine Bär sagte nichts, nickte nur und lief davon.

Er lief durch den Wald und sein Fell wurde nass von all den Tränen, die er weinte. Sein Herz tat so weh, dass er dachte, sein Fell müsse sich blutrot färben. Irgendwann ging der kleine Bär nach Hause. Er erzählte Mama-Bär nichts davon, aber sie merkte, dass er ein sehr, sehr trauriger Bär geworden war. Er hörte auf, den Wolken nachzusehen und blickte immer häufiger starr geradeaus.

Irgendwann hörte sein Herz auf zu schmerzen. Er traf sich wieder mit seinen Bärenfreunden und er spielte auch wieder Ball. Nur seinen besten Bärenfreund sah er nie wieder und auch das Bärenmädchen nicht. Und so fing er an, die beiden zu vergessen. Und nach einiger Zeit merkte er, dass es wieder ein Bärenmädchen gab, bei dem sein Herz schneller schlug. Er fing wieder an in die Wolken zu schauen. Er entdeckte neue Orte mit ihr und er lachte wieder. Er war ein glücklicher Bär. Eines Tages pflückte er auf dem Weg zum Bärenmädchen Blumen für sie, da hörte er ihr sanftes Lachen. Seine Augen leuchteten, als er dem Lachen entgegenlief und sie im Kornfeld neben der Blumenwiese fand, wo sie gerade einen anderen Bären umarmte. Die Augen des Bären füllten sich wieder mit Tränen, während er nach Hause lief, aber er weinte nicht.

Danach passte er sehr genau auf, dass er sein Herz an kein Bärenmädchen mehr verschenkte. Er mochte Bärenmädchen, aber er pflückte keine Blumen mehr für sie und er sah nicht mehr mit ihnen den Wolken nach und führte sie auch nicht mehr an seine Lieblingsorte. Irgendwann war die Bärenhöhle mit Mama- und Papa-Bär ihm zu eng. Also packte der kleine Bär seinen Bärenkoffer und machte sich auf den Weg in die große weite Welt.

In der großen Stadt, in die er ging, gefiel es ihm super. Er fand neue Bärenfreunde und Bärenmädchen. Er spielte Ball und feierte, aber sein Herz hielt er gut fest. Ein paar Mal gab es sehr nette Bärenmädchen, die ihm ihr Herz schenken wollten, aber er konnte es nicht annehmen, weil er wusste, dass es wehtat, wenn man mit Bärenmädchen Herzen tauschte.

Eines Tages fand er ein Bärenmädchen, das anders war. Sie spielte keine Spielchen und sie erzählte ihm von Bärenjungen vor ihm, die dafür gesorgt hatten, dass ihr Herz geblutet hatte. Aber das Bärenmädchen war nicht wie er. Sie hatte ihr Herz trotzdem noch in den Händen, bereit es zu verschenken. An ihn zu verschenken. Das faszinierte ihn. Er legte den Arm um das Bärenmädchen und sie lehnte sich an ihn. Das gefiel ihm. Er wollte der Bär sein, der sie wieder zum Lachen bringen konnte. Er wollte ihr Glücklich-Mach-Bär sein. Und das machte sie glücklich. Eine Weile waren sie auf diese seltsame Art glücklich miteinander: Er in dem Bemühen sie glücklich zu machen und sie versuchte immer wieder ihm ihr Herz zu schenken. Sie versuchte es auf alle möglichen Arten. Der Bär lächelte stets, aber er nahm ihr Herz nie an. Er stand da und hatte die Hände in den Bärenjungen-Hosentaschen. Er versuchte auch niemals ihr sein Herz zu geben. Manchmal wollte er schon, aber dann dachte er wieder an die Schmerzen, die er erlitten hatte und ging lieber kein Risiko ein. Nach und nach nervte es ihn, dass das Bärenmädchen immer noch lächelnd versuchte ihm ihr Herz zu schenken. Er bemerkte nicht, wie die Augen des Bärenmädchens immer trauriger wurden. Ihre Arme schmerzten so sehr, weil sie ihm ihr Herz schon solange entgegenstreckte. Sie merkte, dass er immer häufiger ohne sie fortging, aber sie lächelte trotzdem, wenn er zurückkam und hielt ihm unbeirrt ihr Herz entgegen. Sie glaubte daran, dass sie nur lang genug durchhalten müsse und dann würde er verstehen, dass er ihr sein Herz ruhig geben konnte und auch ihres nehmen konnte und dann würden sie beide lachen und glücklich sein. Sie würden sich gegenseitig all die Orte zeigen, die sie sich noch nie gezeigt hatten und sie würden eine Bärenfamilie sein. Aber es kam alles anders.

Eines Tages nahm der Bärenjunge dem Bärenmädchen ihr Herz aus der Hand und sie war glücklich für einen Moment, bis sie verstand, dass er es nicht genommen hatte um es zu behalten, sondern um es wieder an den Platz in ihrer Brust zurückzusetzen, damit es jemand anderen finden konnte, für den es schlagen konnte. Der Bär wollte mit dem Bärenmädchen nicht Herzen tauschen, obwohl er sie sehr liebhatte. Das Bärenmädchen weinte bitterlich, denn er hatte ihr bei dem Versuch ihr ihr Herz zurückzugeben, das Herz in zwei Teile gebrochen. Er sagte ihr, er wolle sich wieder auf den Weg machen, um ein anderes Bärenmädchen zu finden und sie solle einen anderen Bärenjungen finden, dem sie ihr Herz schenken konnte. Das Bärenmädchen hatte schreckliche Schmerzen und weinte, doch ihre Tränen fielen nach innen, so dass er sie nicht sehen konnte. Als der Bärenjunge sich auf den Weg machte, wünschte sie ihm viel Glück und als sie sich zum Abschied umarmten, steckte sie ihm ihr blutendes Herz in den Rucksack. Sie wollte lieber ohne Herz leben, als mit diesen Schmerzen. Niemand außer ihm sollte ihr Herz haben.

Der Bärenjunge zog los. Am Anfang drehte er sich noch zu dem traurigen Bärenmädchen um, aber umso weiter er seinen Weg ging, umso leichter wurden seine Schritte. Er stellte fest, dass ihm die Sonne schon lange nicht mehr so warm und hell vorgekommen war und die Wiesen waren grüner als je zuvor. Er fühlte sich so frei wie seit langer Zeit nicht mehr. Und er spürte etwas Seltsames: Sein Herz schlug ganz stark und gleichmäßig und glücklich. Er nahm sein Herz in beide Hände und stellte fest, dass es verheilt war. Es sah fast aus wie neu. Das traurige Bärenmädchen hatte es irgendwie geschafft, sein Herz zu heilen, ohne dass er es ihr gegeben hatte. Er war ihr so dankbar. Er drehte sich um, um ihr das Herz zu zeigen, aber er konnte sie in der Ferne nicht mehr ausmachen. Da es schon spät war, machte er Rast, um die Nacht am Fuße eines Berges zu verbringen.

Als er sich ins Gras legte, um zu schlafen, sah er auf dem Gipfel des Berges ein Bärenmädchen stehen und es geschah etwas Unglaubliches: Sein Herz fing an zu hüpfen.

Er nahm es überwältigt in beide Hände und eilte auf den Gipfel, dem fremden Bärenmädchen entgegen und hielt es ihr hin. Sie lächelte und nahm ihre Hände nicht aus dem Bärenmädchen-Rock. Sie neigte den Kopf und er hielt ihr tapfer weiter sein Herz hin. Sie sah an ihm vorbei, auf den Weg, den er gekommen war und sagte: „Sieh nur, wie schön der Weg, den du gekommen bist, in der untergehenden Sonne leuchtet." Die Dunkelheit fing an hereinzubrechen und so sahen sie beide nicht, dass das Leuchten des Weges bis an den Rucksack des Bärenjungen reichte. Das Herz des traurigen Bärenmädchens hatte geblutet bis der Bärenjunge bei dem glücklichen Bärenmädchen angekommen war und als die beiden sich umarmten, hörte es auf zu schlagen.

Coffee to fly, coffee to go...

Flugzeuge im Bauch und auf der Bahn.

Faszination von Anfang an.

Augen mit Liebe und Hände wie Samt.

So lange so etwas nicht mehr gekannt.

Musik und Worte, Stille und Lachen.

In der Nacht vor dem Kühlschrank ein Picknick machen.

Wenn das Licht im Kühlschrank angeht, dann denk ich an Dich.

Eigentlich tu ich das immer; ist nicht gut für mich.

Du bist nicht mehr hier, doch ich bin dankbar dafür.

Dafür, dass Du da warst, dafür wie ich mich fühlte.

Denn Du warst der, der was festsaß, aufwühlte.

Danke für viele Zettel in meinem Glas.

Danke, dafür wie Du bist und Du warst.

Realistisch gesehen war es begrenzte Zeit.

Philosophisch gesehen meine Ewigkeit.

An einem Dienstag im Oktober

Ein Schleier Dunst über den Wellen.

Das Licht ist sanft, die Luft schon kalt.

Man kann den Sommer fast noch riechen,

und doch, der Herbst er endet bald.

Das Wasser wirkt heimatlich still,

es gurgelt nur ganz leise.

Natur macht immer was sie will,

deshalb fügt es sich weise.

Bald fallen Blätter von den Bäumen,

die Welt bekommt ein neues Kleid.

Von dort ist es ein kleiner Schritt,

der Winter ist nicht allzu weit.

Gestern

Gestern war ich noch so einsam.

Gestern hab ich Dich vermisst.

Gestern hab ich so geweint,

weil Du nicht weißt, was Du mir bist.

Heute scheint die helle Sonne,

mitten in die dunkle Nacht,

denn ich bin um zwei Uhr morgens

nicht alleine aufgewacht.

Morgen gehst Du wieder fort,

morgen wein' ich vielleicht wieder;

weil ich Dich so sehr vermiss'

hör ich morgen uns're Lieder.

Doch vielleicht, mit etwas Glück,

kommst übermorgen Du zurück.

Dann wird morgen gestern sein,

wir sind zu zweit, nicht mehr allein.

28 Tage

Eins, zwei, drei – gerade ist alles vorbei.

Vier, fünf, sechs, sieben –leider wieder kein „Erfolg."

Acht, neun, zehn – es kann auch ohne weitergeh'n.

Elf, zwölf, dreizehn, vierzehn – vielleicht wird es diesmal gehen.

Fünfzehn, sechzehn, sieben-zehn – lass uns heut auf's Ganze geh'n.

Achtzehn, neunzehn, zwanzig und eins – wird es oder wird es keins.

Zweiundzwanzig und noch vier – langsam dieser Schmerz in mir.

Sieben'zwanzig und noch zwei – wiedermal alles vorbei.

Eins, zwei, drei …

Lieblos und egoistisch

Neulich sah ich einen Film über Burnout. Typische Reaktion der Betroffenen als ihr der Arzt sagte, dass sie an Burnout leide: „Das scheint ja jetzt Mode zu sein. Vielleicht muss ich einfach mal ausschlafen." Als ihr Mann sagte: „Du hast gar keine Zeit mehr für mich. Du lebst ja gar nicht mehr", sagte sie: „Das Leben besteht nicht nur aus vögeln und Käse essen." Und er sagte mit ganz ernstem Gesicht: „Doch."

Das spannende daran ist, dass beide Recht haben. Natürlich besteht das Leben nicht nur aus „vögeln und Käse essen", aber es besteht eben auch nicht nur aus Pflichterfüllung. Von allem was wir meinen zu „müssen", gibt es nur einen ganz kleinen Teil, den wir wirklich „müssen." Eine Therapie bei Burnout fängt mit Nichtstun an. Das klingt himmlisch. Aber für jemanden, der Burnout hat, ist Nichtstun eine Strafe. Nichtstun bedeutet auch nichts „Sinnvolles" zu tun; man „bringt nichts." Man versucht ein ausgefülltes und befriedigendes Leben zu führen und verliert bei der Bemühung darum alles aus den Augen, was wichtig ist. Es wird alles zu viel. In einem Burnout zu leben fühlt sich an, wie eine Woche Jahrmarkt rund um die Uhr. Man ist mitten drin und kann nichts mehr wahrnehmen. Chronische Reizüberflutung und der Körper schaltet ab. Keine Gefühle, keine Geräusche, kein Geschmack. Das Leben schmeckt nach nichts. Nichts ergibt Sinn, während man es tut; während man allen ins Gesicht lächelt. Die Traurigkeit wird mehr. Traurigkeit... wie aus dem Nichts. Ein ganz tiefes Gefühl, das die Brust eng macht. Aber man hält es aus. Und so macht man auch weiter, denn es bringt einen ja nicht um, es ist doch alles in Ordnung. Gemessen an anderen Leben geht es einem doch gut.

Mir geht es gut. Ich habe meine Familie, Freunde, Hobbys, meine Arbeit. Und ich bin ein sehr kreativer Mensch. Und da liegt der Hase im Pfeffer begraben. Ich bin ein empfindsamer Mensch. Vielleicht manchmal zu sehr, aber so bin ich. Einer meiner Ex-Freunde hat gesagt: „Wenn jeder an sich selber denkt, ist an alle gedacht." So egoistisch werde ich nie sein können, dass das für mich funktioniert. Ich würde so auch nicht sein wollen. Aber ich möchte so egoistisch sein, ehrlich zu mir sein zu können, wenn ich etwas für mich brauche. Ich möchte darauf achten, was ich kann, will und was wichtig für mich ist. Ich wünsche mir mehr Zeit dafür, im Winter mit einer Decke und einem Kaffee am Wasser zu sitzen und den Wind und die Kälte zu fühlen. Ich will überhaupt wieder mehr fühlen. Mich fühlen! Burnout bedeutet lieblos zu sein. Lieblos zu sich selber. Was mich müde und ausgelaugt macht, ist die Ignoranz und Lieblosigkeit mir gegenüber. Aber warum bin ich lieblos mir gegenüber? Niemals würde ich die Gefühle anderer Menschen so ignorieren, wie meine eigenen. Ob ich weiß, wie mein Leben aussehen soll? Was ich mir wünschen würde? Ja, das weiß ich. Ich hätte gerne mehr Zeit.

Bei allen Filmen, die ich in letzter Zeit gesehen habe, ging es darum Wege zu finden. Neue Wege. Eigene Wege. Vielleicht macht man Dinge, die sich im Nachhinein als falsch herausstellen. Sicher macht man Fehler. Alle Entscheidungen haben Konsequenzen. Aber manchmal ist es besser, mit einer falschen Entscheidung und den Konsequenzen zu leben, als mit der Ungewissheit: „Was wäre gewesen, wenn....." Wenn man ein emotionaler Mensch ist, dann braucht es mehr Kraft Erlebnisse zu verarbeiten. Es ist wichtig, sich dafür nicht böse zu sein, sich Zeit zu nehmen, Geduld zu haben. Aber Geduld mit mir ist auch nicht meine Stärke. Ich bin nicht gut darin mich um mich selbst zu kümmern.

Mein Gefühl möchte einen Menschen an meiner Seite, der mich „umpuschelt", der mich tröstet und hält und meiner Dramaqueen einen Platz gibt. Aber so jemanden habe ich nicht an meiner Seite. Ich habe jemanden, der neben und auch hinter mir steht. Er steht leise hinter mir und unterstützt mich. Er ist stolz auf mich und ich bin oft sehr wütend auf ihn. Ich kann ihn nicht sehen, wenn er hinter mir steht und fühle mich dann allein gelassen. Aber er ist ein Mensch, der mich ins Leben schubst. Der mich dazu animiert, Dinge alleine zu machen. Er ist derjenige, der mich nicht auslacht, wenn ich Dinge nicht weiß, die ich eigentlich wissen sollte; da wird der Restaurantbesuch schon mal zur Nachhilfestunde in Geografie. Er macht es so selbstverständlich, dass ich mich nie unzulänglich oder dumm fühle. Ich bin nicht immer seiner Meinung; aber ich habe viel von ihm gelernt. Er kümmert sich um sich. Er drückt die Stopptaste, wenn er es für richtig hält; wenn er fühlt, dass er die Pause braucht. Was andere, auch ich, davon halten, interessiert ihn nicht. Nehme ich ihm das übel? Ja, durchaus. Aber andererseits bewundere ich ihn unendlich dafür. Denn er tut das, was ich noch übe: Er steht für sich ein. Obwohl er oft genauso wenig erwachsen ist, wie ich, hat er mich sehr erwachsen gemacht. Er hat mir die Möglichkeit gegeben meine innere Freiheit zu suchen und auch oft zu finden. Ich habe die Freiheit zu entscheiden. Zu entscheiden über mich. Ich wollte immer alles für die Männer an meiner Seite tun. Er hat das von Anfang an nicht gewollt. Ich fand das lieblos und traurig. Ich weiß nicht, ob er wusste, was er tat, als er mir verbat ihn zu „umpuscheln", aber ich weiß mittlerweile, dass es ihm wichtig ist, dass ich selber dafür sorgen kann, dass es mir gut geht. Und er sorgt dafür, dass es ihm gutgeht. „Wenn jeder an sich selber denkt, dann ist an jeden gedacht." Es scheint etwas dran zu sein; aber es ist mir nach wie vor zu egoistisch. Wir haben beide voneinander gelernt: Ich kümmere mich mehr um mich und er sich weniger um sich. Und ab und zu müssen wir uns beide daran erinnern.

Erinnerungen

Ich gehe selten zu ihrem Grab. Ich hätte es vorher nicht gedacht, aber das Grab bedeutet mir nicht wirklich etwas. Mir bedeutet es mehr, an die letzten Jahre mit ihr zu denken, als es ihr noch gut ging. Wir waren immer ein eingeschworenes Team. Als ich klein war, hat sie mir die Welt erklärt, als sie dement wurde, habe ich ihr die Welt erklärt. Als mir klar wurde, dass ihre Vergesslichkeit über die „normale" Vergesslichkeit hinausgehen würde, fing ich an mir jeden Mittwochnachmittag frei zu nehmen. Wir gingen essen oder Kaffeetrinken; nie sehr weit weg und eigentlich auch nichts Spektakuläres. Wir verbrachten einfach Zeit zusammen. Ich hatte schon lange bevor es „ernst" wurde eine Vollmacht für alle Eventualitäten und als sie zum zweiten Mal 500 EUR von ihrem Konto abhob, weil sie nicht mehr wusste, wieviel Geld das ist, einigten wir uns darauf, dass ich ihr das Geld wöchentlich zuteilte. Sie hatte blindes Vertrauen zu mir, etwas, dass mir noch jetzt, wo ich das schreibe, ein warmes Gefühl macht. Wir konnten über alles reden. Jeden Mittwoch fragte sie mich, welchen Tag wir hatten und jeden Mittwoch antwortete ich ihr „Omi, immer wenn ich komme ist Mittwoch." Als sie eines Tages ins Krankenhaus musste, machte ich mir Sorgen in welchem Zustand ich sie dort vorfinden würde, da Ortswechsel sie oft verwirrten. Also betrat ich vorsichtig das Zimmer, weil ich nie sicher sein konnte, dass sie mich noch erkannte; und erschrecken wollte ich sie auch nicht. Als ich betont fröhlich fragte, was sie denn für Sachen mache und ob sie denn wüsste, was für ein Tag war, antwortete sie: „Mittwoch. Wenn du kommst, ist doch immer Mittwoch.", und beide mussten wir lachen. Das sind die Momente aus den letzten Jahren, an die ich mich gerne erinnere, auch wenn es schwer war zu sehen, wie meine Omi verblühte.

Erinnerungen sind häufig mit Gefühlen, Gerüchen und Ereignissen verbunden. Die schönsten Nachmittage meiner Kindheit sind begleitet von Kaffeegeruch und „Dänischem Spritzgebäck mit Hagelzucker". Das gab es häufig, wenn ich mit meiner Oma zur Arbeit fuhr. Sie nahm mich oft mit in die Schule, in der sie putzte. Ich erinnere mich an einen Haufen unterschiedlich alter Frauen, die wahrlich nicht immer einer Meinung waren, aber die ein eingeschworener Haufen waren.

Auch „Franzbrötchen" sind untrennbar mit der Erinnerung an meine Oma verbunden. Fast täglich machten wir halt bei einem Bäcker, der sein Geschäft gleich neben der Bushaltestelle hatte. Dort bekam ich meistens ein Franzbrötchen und eine Caprisonne Kirsche. Und eines Tages, als wir den Laden betraten, saß sie dort! Ich habe ihr nie einen Namen gegeben; für mich war es immer meine „Negerpüppie." Politisch sicher nicht korrekt; aber ich habe' mich auf Anhieb in sie verliebt. Die freundliche Frau im Geschäft sagte mir damals, dass ein Kind sie dort vergessen hätte und sie müsse sie vier Wochen aufbewahren. Sollte sie in vier Wochen noch nicht abgeholt worden sein, dürfe ich sie mitnehmen. Für ein Kind sind vier Wochen eine schier endlose Zeit und so ging ich täglich erwartungsvoll in den Laden und jeden Tag saß Püppie noch dort. Und nach vier Wochen durfte ich sie mit nach Hause nehmen. Ich erinnere mich kaum an Spielsachen aus meiner Kindheit, aber Püppie ist mir bis heute in Erinnerung geblieben. Und ich denke an sie bei jedem Geruch von Hefegebäck mit Zimt. An meine Omi, Püppie und an sehr glückliche Zeiten.

Unentschlossen

Sie stand in der Küche am Fenster und starrte auf ihren mit Butter beschmierten Toast. Nutella oder Marmelade? Sie sah aus dem Fenster. Draußen war ein herrlicher Frühlingstag. Sie sah auf den Drei-Monatskalender, der neben ihr an der Wand hing. Jeder Tag in den letzten drei Monaten war versehen mit Strichen und Notizen. Sie atmete tief ein und mit einem genervten Seufzer wieder aus. Jeder Tag war eine neue Herausforderung. An vielen Tagen verließ sie das Haus nicht, weil sie es nicht schaffte alle Entscheidungen zu treffen. Welches Kleid? Welche Schuhe? Baden oder lieber Duschen? Rührei zum Frühstück? Oder lieber Obst? Jede Entscheidung brachte sie an den Rand eines Nervenzusammenbruchs. Früher war es nie ein Problem gewesen sich zu entscheiden. Erst seid ihr Mann nicht mehr da war. Sie hatte viele Stunden mit verschiedenen

Therapeuten darüber geredet. Alle bestätigten ihr, dass es eine Frage der Zeit sei, bis diese Entscheidungsarmut wieder nachlassen würde. Später, wenn sie die Phasen der Trauer alle durchlebt hatte. Phasen der Trauer. Wie viele Phasen hat die Trauer und wie lange dauern diese jeweiligen Phasen. Sie wusste es immer noch nicht. Ihr „Bär" hätte es gewusst. Bestimmt. Er hatte für alles eine Lösung parat. Bertram, den alle immer nur „Bär" nannten, weil er so groß und gemütlich war. Ein herzensguter Mensch. Für alle ein offenes Ohr, für alle da, wenn sie ihn brauchten. Jeder hatte ihn gemocht, jeder holte sich Rat von ihm für alle Lebenslagen. Er war der erste Mann in ihrem Leben gewesen, der alle ihre Facetten kannte und der alle liebte. Wenn sie sich sexy fühlte, küsste er ihren Hals und sagte ihr mit rauer Stimme, dass sie die schönste Frau der Welt sei. Wenn sie müde und erschöpft war, legte er sich zu ihr und streichelte ihren Rücken bis sie einschlief. Er stritt mit ihr, wenn sie Reibung brauchte und er motivierte sie, wenn sie antriebslos war. Und wenn sie sich verunsichert fühlte und hilflos wie ein Kind, kochte er ihr Tee und sah sich einen Film mit ihr an. Was auch immer sie brauchte, er wusste es schon, bevor sie es wusste. Es verging kein Tag, an dem sie sich nicht gesagt hatten, wie sehr sie sich liebten. Ein anderer Mann hätte sie vielleicht als launisch empfunden, als anstrengend. Er lachte nur darüber; für ihn war sie die Abenteuerreise und nicht der Pauschalurlaub. Sie hätten so gerne Kinder gehabt, aber es war ihnen nicht bestimmt gewesen. Darüber waren sie gemeinsam traurig gewesen und sie hatten gemeinsam mit der Trauer abgeschlossen. Sie waren sich auch zu zweit genug. Sie entdeckten immer wieder neue Seiten aneinander. Sie verloren sich nie aus den Augen, auch wenn einer von ihnen vielleicht mal etwas schneller in seinem Leben vorwärts ging. Sie waren füreinander bestimmt. Sie hatten Freunde, waren beliebt und viel unterwegs. Er stieg die Karriereleiter schnell nach oben und auch als Chef und Kollege war er beliebt. Er war perfekt gewesen. Sie waren zusammen perfekt gewesen. Dann fing alles an sich zu verändern. Sie merkte es sofort. Sie waren wie zwei perfekt aufeinander eingestellte Sender- und Empfängerstationen. Sie bemerkte die Störgeräusche zwischen ihnen sofort. Sie versuchte zu ihm durchzudringen und als sie merkte, dass es ihr nicht gelang, verfiel sie in Panik. Sie sah hilflos zu, wie dieser große, starke, wunderbare Mann immer mehr in sich zusammenfiel. Er wurde zu einem Schatten seiner selbst. Er sprach nicht wirklich mit ihr darüber und sie war verletzt deshalb. Sie lachte bitter in sich hinein, als sie merkte, dass die Tränen auf ihren immer noch nicht fertiggeschmierten Toast fielen. Sie nahm sich nicht die Zeit die Tränen wegzuwischen. Sie ging aus der Küche durch den Flur und nahm im Vorbeigehen die Taschenlampe vom Schuhschrank. Als sie die Kellertür öffnete, atmete sie tief ein. Sie wusste, was sie erwartete und trotzdem erfüllte es sie mit einer seltsamen Mischung aus Vorfreude und Ekel, als sie die zweite Kellertür öffnete. Im Keller roch es nach Feuchtigkeit, Schimmel, Exkrementen und Tod, aber sie hörte an seinem schnarrenden Atem, dass er noch nicht tot war. Sie sagte kein Wort. Es war wie ein Ritual, das sie jetzt schon seit drei Monaten zelebrierte. Anfangs hatte er sie noch mit Argumenten versucht umzustimmen, dann begann er sie zu beschimpfen, wenn sie in den Keller kam. Danach kam die Phase des Flehens und schließlich fing er an zu verstehen, dass er nicht überleben würde. Er würde sterben. Er würde sterben, wenn sie es wollte und noch wollte sie es nicht. Das Ritual begann. Sie schaltete die Taschenlampe an und hielt den

Lichtkegel direkt in sein Gesicht. Ohne die Lampe war der Keller dunkel, aber sie wusste genau, wohin sie mit dem Lichtstrahl zielen musste. Der Hass, den sie für ihn empfand, war so stark, dass sie seine, wenn auch schwache, Lebensenergie spüren konnte. Am Anfang hatte er aufgeschrien, wenn sie mit der Lampe direkt in seine Augen leuchtete aber das war lange vorbei. Ihm fehlte die Kraft. Manchmal hätte sie gerne mit ihm gesprochen. Sie hätte ihm gerne Hoffnung gemacht, nur um sie dann sofort wieder zu zerstören.

Sie hatte das alles nicht geplant. Es war irgendwie außer Kontrolle geraten, weil sie sich nicht entscheiden konnte. Und auch heute konnte sie sich nicht entscheiden. Sie schaltete die Lampe aus und es war wieder schwarz wie ein Grab. Nur sein schnarrender Atem war ab und zuzuhören. Sie schloss die

Kellertür wieder hinter sich und stellte die Taschenlampe beiläufig auf den Schuhschrank zurück. Sie ging ins Bad, wusch sich die Hände, bürstete ihr Haar, trug etwas Lipgloss auf und lächelte ihrem Spiegelbild zu aber die Wärme und Freundlichkeit, die es signalisierte, erreichte ihre Augen nicht. Sie ging zurück in die Küche und sah auf den Kalender. Sie nahm den roten Stift und strich ein weiteres Kästchen im Kalender rot an. Morgen würde sie ihm wieder etwas zu trinken geben. Oder vielleicht etwas zu essen? Sie würde es morgen entscheiden. Bestimmt. Vielleicht starb er auch an seinen Verletzungen. Er könnte verblutet sein bis morgen, aber dafür waren die Wunden zu klein. Sie hatte extra darauf geachtet. Es war schon erstaunlich, was man alles im Internet fand, wenn man danach suchte. Sogar Anleitungen für schmerzhafte aber nicht lebensbedrohliche Verletzungen und wie man diese zufügte. Sie hatte schnell gelernt. Und jetzt saß dieser Mann in ihrem Keller: Dehydriert, fast verhungert und blutete zwischen den Ratten, die schon vor ihm im Keller gelebt hatten. Na ja, sie hatten vorher nicht alle dort gelebt; ein paar hatte sie gekauft.

Sie war immer noch erstaunt darüber, wie leicht es war, ihn in ihren Keller zu bekommen. Dabei hatte er sich doch in der Firma immer so unbesiegbar gefühlt. Zumindest hatten ihr das die Kollegen von „Bär" erzählt. Sie erzählten es hinter vorgehaltener Hand, hatten Angst vor ihm und seiner Macht; fürchteten ihren Job zu verlieren. So wie es alle taten, seit er die Leitung übernommen hatte. „Bär" hatte seinen Führungsstil konstruktiv kritisiert. Er hatte sich nicht vorstellen können, dass es Menschen gab, die ihm dankten für die konstruktive Kritik und dann anfingen, ihn systematisch aus seinem Job heraus zu mobben. Einen Job, den er schon seit Jahrzehnten machte; und er machte ihn gut. Aber plötzlich war es nicht mehr gut genug. Er war abgemahnt worden wegen haltloser Vorwürfe, aber sie standen im Raum. Seine Reputation fing an zu leiden; er fing an zu leiden, zu zweifeln, sich zu verändern. Aber das alles wusste sie zu der Zeit nicht. Sie erfuhr es erst danach. Nachdem es passiert war. Nachdem sie an einem gewöhnlichen Nachmittag vom Sport nach Hause kam und sich wunderte, dass sein Wagen bereits in der Auffahrt stand. Sie hatte diesen Tag noch genau vor Augen. Es war warm gewesen, einer der ersten warmen Frühlingstage. Die Vögel sangen aus vollem Halse und es roch schon nach Sommer. Sie schloss die Tür auf und im Haus war es still. Es war erdrückend still, aber sie hatte nicht verstanden warum. Sie ging nach oben und rief seinen Namen. Genau, wie sie ihn immer gerufen hatte und als er nicht antwortete, rief sie noch einmal. Sie wusste nicht genau warum, aber sie fing an immer lauter nach ihm zu rufen, während sie die Türen zu jedem Zimmer öffnete. Ihr Rufen wurde schriller und ängstlicher mit jeder Tür, die sie öffnete. Sie fand ihn in seinem Arbeitszimmer. Sie kam herein und sein großer Bürostuhl stand wie immer zum Fenster gewandt. Sie sah, dass er darinsaß und wollte schon aufatmen und dann sah sie die Waffe auf dem Boden liegen. Ungläubig und mit Schritten, die ihr vorkamen, als würde sie in Zeitlupe gehen, war sie durch den Raum gegangen, bis sie ihn sehen konnte. Seine Augen waren blicklos und auf seiner Brust hatte sich ein Blutfleck gebildet. Er war tot. Er hatte sich erschossen. Er hatte mitten in sein Bärenherz geschossen und es hatte aufgehört zu schlagen. Dieses wundervolle Herz, das so voller Sorge gewesen war. Sie rief die Polizei und strich über seinen Kopf, bis sie kamen. Sie brachen die Tür auf aber es war ihr egal, sie konnte nicht von ihm weggehen um zu öffnen als sie klingelten. Es brauchte zwei Männer und einen Arzt mit einem starken Beruhigungsmittel, um sie von ihm wegzubekommen.

In den Wochen danach war sie nicht ansprechbar gewesen. Sie stand permanent unter Beruhigungsmitteln, weil sie die Schmerzen sonst nicht ertragen hätte. Alles tat ihr weh. Es waren Schmerzen, die man nicht beschreiben kann. Die niemand verstehen kann, der nicht einen geliebten Menschen unvorbereitet verloren hat. Die Zeit heilt alle Wunden, heißt es. Das konnte sie nicht bestätigen. Zumindest nicht in ihrem Fall, aber das lag vielleicht daran, dass sie mit ihm gestorben war. Äußerlich war sie unversehrt, aber ihr Inneres war tot. Sie war wie eine Hülle ohne Leben, ohne Seele.

Es dauerte ein Jahr, bis sie zumindest wieder am Leben teilnehmen konnte. Arbeiten musste sie nicht mehr. Ihr Bär hatte für alles gesorgt. Hatte sie versorgt; hatte sich sogar über seinen Tod hinaus um sie gesorgt. Sie würde nie wieder einen Menschen so sehr lieben wie ihn. Sie würde überhaupt nicht mehr lieben. Aber sie fühlte etwas, dass sie noch nie gefühlt hatte. Sie fühlte Hass. Hass auf den Mann, der ihr und Bär das alles angetan hatte. Und so schmiedete sie einen Plan.

Sie fing wieder an, Sport zu treiben und auf sich zu achten. Die Tatsache, dass sie sich seit Bär tot war nie entscheiden konnte, machte es schwierig ihre Pläne umzusetzen und so dauerte es ein weiteres Jahr bis sie das Haus am Meer kaufte. Das Haus ihrer Träume; der Träume von Bär und ihr. Sie war eine attraktive Frau und sie sorgte dafür, dass die Männer ihr auf der Straße nachsahen. Sie probte den Ernstfall lange und dann war es soweit. Sie wusste genau, wo sie ihn finden konnte und dann erschien sie in einem atemberaubenden Kleid mit High Heels und wallender Lockenmähne und unwiderstehlichem Lächeln. Sie strahlte Unabhängigkeit aus, denn sie hatte sich darüber informiert, mit welcher Art von Frauen er sich einließ. Er mochte starke Frauen und er benutzte sie, bis er sie gebrochen hatte und dann warf er sie weg. Dieses Mal würde es anders sein, aber das wusste er noch nicht. Sie brauchte nichts mehr zu tun, als in die Bar zu spazieren, sich mit übereinander geschlagenen Beinen desinteressiert an den Tresen zu setzen und sich einen Whiskey zu bestellen. Den Rest erledigte er. Es dauerte keine 30 Minuten, dann schlenderte er zu ihr herüber. Sie erinnerte sich nicht mehr, was er gesagt hatte, sie sah nur in seine Augen und in ihren lag dabei das Versprechen der Rache. Es war leicht gewesen, ihm etwas in den Drink zu schütten, er war arglos. Unter einem Vorwand hatte sie ihn zu ihrem Auto gelockt. Sie wusste, ihr Risiko war hoch. Wenn sie es nicht rechtzeitig schaffte ihn zu ihrem Auto zu lotsen, würde er eventuell mitten in der Bar das Bewusstsein verlieren. Aber alles lief nach Plan. Sie war erstaunt gewesen, dass ihre Unentschlossenheit ihr an diesem Abend nicht im Wege gestanden hatte, vielleicht war es das Adrenalin. Sie wusste es nicht und es war ihr auch egal. In der Lobby hatte sein Handy geklingelt und ihr stockte der Atem. Aber er nahm es nur kurz aus der Tasche und wollte es lautlos stellen. Sie küsste ihn vielversprechend auf die Lippen und leckte kurz mit der Zunge darüber. Er ließ sich ohne Probleme überzeugen, das Handy auszuschalten. Er war so leicht zu manipulieren, denn sein Blut war offenbar längst woanders hin verschwunden. Ihr war es nur recht, Hauptsache er konnte nicht über das GPS verfolgt werden. Seine Spur würde sich in der Lobby verlieren. Sie konnte ein bitteres Lächeln nicht unterdrücken. Als sie an ihrem Wagen angekommen waren, ging es ihm schon nicht mehr so gut. Er war kurzatmig und schwitzte. Sie sah ihn besorgt an und öffnete die Kofferraumklappe des SUV, damit er sich kurz ausruhen konnte. Außerdem wusste sie, dass es die einzige Möglichkeit war, ihn relativ problemlos in und aus dem Wagen zu bekommen. Er fing an, die Augen zu verdrehen und kippte zur Seite und sie beförderte ihn mit einem beherzten Stoß nach hinten. Mit vollem Körpereinsatz zog sie seinen Körper ganz in den Wagen. Geschafft. Sie fuhr mit ihm nach Hause und parkte den Wagen nah an der Kohlenklappe, die zum Keller führte und seit Jahren nicht benutzt wurde. Sie schob und zog ihn in Richtung Kofferraumklappe und trat ihn mit den Beinen aus dem Wagen. Er stöhnte leise auf und etwas lauter, als er auf der Kohlenrutsche aufprallte und langsam in den Keller rutschte. Sie hätte fast vor Freude gejubelt, aber sie musste sich beeilen um die Holztüren der Kohlenrutsche hinter ihm zu schließen. Die nächsten Nachbarn waren weit genug entfernt und der Keller gut isoliert, denn er würde schreien, wenn er erwachte. Aber auch dafür hatte sie vorgesorgt.

Als er das erste Mal erwachte, ging sie nur kurz in den Keller. Sie hatte das Nachtsichtgerät und die Betäubungspistole dabei. Das Ganze dauerte keine zwei Minuten, dann war er wieder still. Und so vergingen die ersten Tage. Sie hatte ihm Wasser in den Keller gestellt, aber die Tage ohne Nahrung schwächten ihn und so konnte sie nach einer Weile das Licht anmachen und sich in den Keller trauen. Die Betäubungspistole nahm sie zur Sicherheit mit. Und dann war sie wieder da, ihre Unentschlossenheit. Erst nahm sie ihm das Wasser weg, aber kurz bevor er verdurstet wäre, stellte sie es wieder hinein. Als er schwächer wurde, fügte sie ihm kleinere Verletzungen zu und sah tagelang zu, wie er schwächer wurde durch den Blutverlust. Dann versorgte sie seine Wunden. Vielleicht sollte sie ihn verhungern lassen? Es war aussichtslos, sie konnte sich einfach nicht entscheiden. Und so vergingen Tage, Wochen, Monate. Schließlich wurde ihr klar, dass sie sich nie würde entscheiden können; und außer ihrer Psychose, die dafür sorgte, dass sie sich nicht entscheiden konnte, war sie auch einfach keine Mörderin. Aber es gab etwas, dass sie für sich arbeiten lassen könnte. Die Zeit. Denn hatte nicht ausgerechnet er auf der Beerdigung zu ihr gesagt: „Kopf hoch! Die Zeit heilt alle Wunden." Auch wenn das nicht stimmte, so würde die Zeit ihr zumindest die

Entscheidung abnehmen. Also schloss sie ein letztes Mal die Kellertür, ging nach oben, um ihre Koffer zu packen. Das würde eine Weile dauern, weil sie entscheiden musste, was sie mitnahm und was nicht. Sie würde nie wieder in dieses Haus zurückkehren. Er würde irgendwann sterben, in ihrem Keller und niemand würde ihm helfen. Sie ging lächelnd aus dem Haus und schloss die Tür sorgsam ab. Er starb einige Wochen später in ihrem dunklen Keller.

Es war ein wundervoller Vormittag. Die Sonne schien und sie ging am Strand spazieren und dachte an Bär, der immer bei ihr war und der jetzt mit ihr in dem wunderschönen neuen Haus am Strand wohnte. Bis ans Ende ihres Lebens.

Holunderblüten-Apfel-Tee

Sie stand vor dem Spiegel und bürstete ihr Haar. Schon wieder. Sie band sich einen Pferdeschwanz und begutachtete sich von beiden Seiten. Als sie auf der rechten Seite ankam zog sie bereits das Haarband wieder ab. Sie schüttelte ihre mittelbraunen Haare, die ihr bis über die Schultern fielen. In einem Anflug von Übermut griff sie sich mit beiden Händen in ihre Haare und wuschelte sie zu einer wilden Mähne auf, dabei bewegte sie sexy ihre Hüften zu einer Melodie, die es nur in ihrem Kopf gab. Sie sah in den Spiegel und fing an zu lachen. Dann steckte sie ihre Haare zu einem lockeren Knoten auf, wie jeden Tag. Ihre wundervolle Katze strich derweil um ihre Beine. Wilhelmine legte den Kopf schräg und Melissa sagte sanft zu ihrem Stubentiger: „Na Süße. Mach dir keine Sorgen, ich bin noch ganz normal, na ja, zumindest für meine Verhältnisse."

Es war wie an jedem Mittwoch seit fast 15 Wochen. Sie war aufgeregt und nervös, wie an jedem Mittwoch, wenn er zu ihr kam. Schon wenn es auf 15.00 Uhr zuging, merkte sie, wie ihre Ausgeglichenheit, die sie an den sechs anderen Tagen in sich trug, zu schwinden begann. Sie ging in die Küche und setzte Wasser auf. Während sie darauf wartete, dass der Kessel zu pfeifen begann, sah sie hinaus in den Garten. Es war mittlerweile fast schon Sommer. Die Sonne schien und die Natur schien förmlich zu explodieren. Im ganzen Haus roch man den Duft der Blumen und Kräuter aus ihrem Garten. Das Haus war an drei Seiten von Natur umgeben. Blumen und Kräuter wuchsen Seite an Seite und boten ihr eine reiche Auswahl an Zutaten. Zutaten, die sie regelmäßig benötigte, um ihre Kräutermischungen und Tränke zu brauen. Sie drehte sich um und lehnte sich an die

Arbeitsplatte. Sie sah auf die Wand, die von oben bis unten angefüllt war mit getrockneten Kräutern, Gewürzen und allem, was sie in jahrelanger Arbeit hergestellt hatte. Es sah in ihrer Küche aus, wie man es sich bei einer modernen Kräuterhexe vorstellte. Und genau das war sie, eine Kräuterhexe. Offiziell stand auf dem Schild an ihrer Tür Heilpraktikerin, denn das war für die meisten Menschen einfach beruhigender. Die Bewohner in dem kleinen Ort hatten sich daran gewöhnt, dass es eben diese Art Menschen gab, die nicht viel für die Schulmedizin übrighatten. Menschen, die es sich zur Aufgabe gemacht hatten, für jede Art von Problemen ein kleines Kügelchen, einen Trank, ein Pulver, eine Paste oder einen Tee zu haben. Wenn man die Menschen in dem Ort fragte, kannte jeder die moderne Kräuterhexe, aber natürlich ging niemand zu ihr. Die Wahrheit war allerdings, dass Melissa gut beschäftigt war. Sie war beschäftigt mit frustrierten Frauen, die wahlweise etwas gegen ihre Falten, Müdigkeit oder Lustlosigkeit brauchten und manchmal auch gegen die Lustlosigkeit ihrer Männer. Etwas zum Schlafen, zum Abnehmen, damit die Kinder in der Schule besser wurden, damit dieser oder jener besser schlafen konnte. Melissa hatte sich daran gewöhnt, dass sie den ganzen Tag zur freien Verfügung hatte, weil sich all die Menschen, die sich Hilfe von ihr versprachen, sich erst im Schutze der Dunkelheit zu ihr trauten. Sie kamen spät, weil sie verhindern wollten, gesehen zu werden. Melissa musste lächeln beim Gedanken daran, wie oft sie schon einen Kunden zur Hintertür herausgelassen hatte, weil an der Vordertür bereits der nächste Kunde wartete, der auch auf gar keinen Fall gesehen werden durfte. Alle kamen sie abends, alle, bis auf einen.

Er kam an einem Mittwoch gegen 15.00 Uhr. Als es klingelte, war sie überrascht gewesen. Als er nach dem ersten Besuch wieder fuhr, sah sie an seinem Kennzeichen, dass er von weit herkam. Er war kein Bewohner aus dem Dorf und somit auch niemand, der vor dem Gerede der Leute aus dem Ort Angst hatte. Sie hatte ein paar Termine gebraucht, bis sie herausfand, warum er zu ihr kam. Bis dahin erzählte er ihr, er wäre ausgebrannt und abgespannt. Sie führte ihn in einen Raum, in dem Kerzen brannten und Räucherstäbchen einen angenehmen Duft verbreiteten. Sie bat ihn, das Hemd auszuziehen und sich auf den Rücken zu legen. Als sie zum ersten Mal das entspannende Öl auf seine Stirn goss, bemerkte sie seinen angenehmen Geruch. Er war sehr gepflegt und hatte einen schönen Körper. Seine Kleidung schien hochwertig und auch sein Wagen wirkte danach, dass er vermögend war. Melissa war es egal. Sie hatte ihm ihren Preis pro Sitzung genannt und er hatte akzeptiert. Er zahlte nach jedem Besuch, wollte keine Rechnung und handelte nie. Melissa versuchte in leisen sanften Gesprächen herauszufinden, was die Blockaden in seinem Körper ausgelöst haben könnte. Er erzählte in ebenso leisem Ton von seinem Job, der ihn sehr forderte, von Mobbing und von Problemen in seiner Ehe.

Nach der dritten Sitzung sprach er nur noch über seine Frau. Er sprach sehr einfühlsam darüber, wie ihn die Ehe belastete und wie er immer häufiger versuchte sich aus dieser Beziehung zu befreien. Melissa riet ihm zu, sich vielleicht erstmal vorübergehend von seiner Frau zu trennen. Aber er berichtete ihr von dem labilen Zustand seiner Frau. Als er zum fünften Mal zu Melissa kam, wirkte er anders als bei den ersten vier Besuchen. Er versuchte Melissa davon zu überzeugen, dass es doch auch schön wäre, wenn sie vielleicht heute nur reden könnten und einen Tee trinken. Sie tranken bei jedem seiner Besuche zum Abschluss Holunderblüten-Apfel-Tee. Melissa hatte ihm gesagt, dass dieser ihn entspannen und ihm sehr wohltun würde. Melissa hatte ihn nicht belogen, der Tee entspannte schon durch seine Wärme und die Atmosphäre, die bei Melissa im Haus herrschte, tat ihr Übriges. Aber das sagte sie ihm natürlich nicht. An jenem fünften Mittwoch, als er zu ihr kam, brauchte es viel Tee, bis er sich ihr anvertraute. Er schüttelte resigniert den Kopf, als sie ihn wiederholt fragte, ob sie nicht doch die übliche Sitzung abhalten sollten. Melissa legte den Kopf auf die Seite, während sie ihn mit sanfter Stimme fragte: „Warum nicht? Was ist ihnen geschehen?" Er atmete schwer und Melissa meinte Tränen in seinen Augen zu sehen, bevor er den Kopf senkte. Sie legte ihre Hand auf seine und er zuckte zusammen, hob den Kopf aber nicht. Schließlich sah sie, wie kleine Tropfen das Holz ihres Küchentisches dunkel färbten. Sie nahm sein Gesicht in ihre Hände und zwang ihn sanft sie anzusehen: „Was ist geschehen?", wiederholte sie ihre Frage. Er stand auf und für einen kurzen Augenblick dachte sie, er würde einfach gehen. Aber er blieb zwei Schritte von ihr entfernt stehen. Obwohl sie nur seinen Rücken sah, konnte sie den Kampf spüren, der in ihm tobte. Schließlich atmete er zitternd ein und als er sich zu ihr umdrehte, begann er damit sein Hemd aufzuknöpfen. Außerhalb des Raumes, in dem die Sitzungen stattfanden, hatte sie ihn noch nie ohne Hemd gesehen. Es hatte etwas sehr Verletzliches und Intimes, wie er da vor ihr stand und sie nicht aus den Augen lies, während er das Hemd öffnete. Sie blickte ihm in die Augen und als sie den Schmerz in ihnen sah, wanderte ihr Blick auf den Oberkörper, den er ihr präsentierte. Sie zog scharf die Luft ein und flüsterte nur: „Oh, mein Gott. Wer hat das getan?". Sein Oberkörper war übersät mit blauen Flecken, die in verschiedensten Schattierungen schimmerten. Sie stand auf und versuchte ihn zu berühren. Er zuckte zurück und sie murmelte: „Keine Angst." Er ließ sie gewähren und sie ging, nachdem sie die Verletzungen begutachtet hatte zu ihrem Kräuterregal. Er knöpfte sein Hemd wieder zu und setzte sich kraftlos zurück an den Küchentisch. Sie kam zurück an den Tisch, stellte ein Glas mit Salbe vor seinen gefalteten Händen ab und sagte: „Willst du mir nicht erzählen, was passiert ist?". Sie wartete einige Minuten und als sie schon glaubte, er würde nicht antworten, fing er mit leiser Stimme an zu sprechen: „Sie hat das getan," und als Melissa ihn fragend ansah, setzte er hinzu „Meine Frau." Melissa schüttelte ungläubig den Kopf. So etwas sollte eine Frau getan haben, seine Frau! Unfassbar! „Warum?", flüsterte Melissa fassungslos. Er zuckte verlegen mit den

Schultern und versuchte ein halbherziges Lächeln. Er sah aus wie ein trauriger Clown; wie der traurigste Clown, den Melissa je gesehen hatte. „Sie kann nichts dafür," murmelte er leise, „es passiert auch nur, wenn ich nicht rechtzeitig merke, dass sie in einer ihrer frustrierten oder depressiven Stimmungen ist. Und meistens ist es auch nicht so schlimm." Melissa hatte fassungslos zugehört und bereits seit einiger Zeit den Kopf geschüttelt. „Nein," sagte sie jetzt, „so etwas darf nicht passieren. Nie! Nicht ein einziges Mal." Melissa sah ihn eindringlich an: „Was macht sie mit dir?". Er fing an sehr sachlich zu erzählen: „Meistens schlägt sie mich nur..," er unterbrach seine Erzählung kurz, als er hörte, wie Melissa scharf die Luft einzog. Melissa hob kurz die Hand und sagte ruhig: „Entschuldige, ich wollte dich nicht unterbrechen, aber das ist für mich alles so schwer zu verstehen." Er nickte und atmete schwer, bevor er weitererzählte: „Sie sorgt dafür, dass es andere nicht sehen. Sie schlägt nur an Stellen, die bedeckt werden können. Allerdings hat sie auch schon dafür gesorgt, dass ich Unfälle hatte. Sie liebt es einfach mich zu quälen. Einmal hat sie mich in unserer Sauna eingeschlossen. Sie kam erst nach einer ewigen Zeit zurück und ich dachte, sie würde mich herauslassen, aber sie setzte sich auf einen Stuhl und beobachtete mich. Ich flehte sie an mich herauszulassen. Sie lachte nur und sagte: „Wie armselig du bist. Sieh dich nur an, ein Versager durch und durch. Das ist der passende Tod für Dich. Nackt und winselnd." In dem Moment verstand ich, dass sie mich dort sterben lassen würde. Skrupellos. Es dauerte noch eine Ewigkeit, bis ich das Bewusstsein verlor und ich war mir sicher, dass das Letzte, was ich vor meinem Tod gesehen hatte, meine Frau wäre, wie sie mit einer von Sarkasmus lachenden Fratze darauf wartete, dass ich starb." Er holte tief Luft und fing leise an davon zu sprechen, wie sie ihn im Urlaub von einem Felsvorsprung gestoßen hatte. „Danach war sie seelenruhig zurück ins Hotel gegangen und hatte eine Massage genossen. Als sie zurück ins Zimmer kam, rief sie sofort an der Rezeption an und fragte besorgt, ob man dort etwas über meinen Verbleib wusste. Das Hotel lies mich dann suchen und meine Frau war das heulende und erleichterte Elend, als man mich fand. Ich war lange bewusstlos gewesen und wachte mit schrecklichen Schmerzen auf. Ich hatte einen komplizierten Beinbruch und verbrachte eine lange Zeit im Krankenhaus. Sie sorgte in der Zeit dafür, dass alle Beteiligten mit ihr Mitleid hatten, weil sie so schrecklich litt, weil ich fast gestorben war. Alle glaubten ihr. Auch als sie mich beim Rausfahren aus der Garage angeblich versehentlich angefahren hat, glaubten ihr alle, dass es ein Unfall war. Und genau das ist auch immer ihr Trumpf gewesen. Sie hat gesagt, niemand würde mir glauben." Melissa hatte fassungslos zugehört und nahm jetzt seine Hand fest in ihre: „Du musst dich von dieser Frau trennen." Er schüttelte den Kopf und sagte leise aber bestimmt: „Das geht nicht." Melissa sah ihn verständnislos an. „Mir steht bei einer Scheidung die Hälfte ihres Vermögens zu." „Aber", setzte Melissa an, er unterbrach sie „aber ich brauche es ja nicht anzunehmen. Ich weiß, ich weiß. Sie hat gesagt, wenn ich sie verlasse würde ich es bereuen und das meint sie sehr ernst. Sie kennt Leute, weißt du." Melissa sah ihn verständnislos an: „Was meinst du mit „Leute"? „Melissa, meine Frau geht im wahrsten Sinne über Leichen." Eine Weile saßen sie schweigend da. Dann sagte er schließlich: „Melissa ich weiß nicht, wie ich es sagen soll. Ich schäme mich, dich darum zu bitten, aber kannst du mir nicht helfen?" „Du meinst", Melissa scheute sich davor es auszusprechen. „Kannst Du mir nicht etwas geben, was ich ihr in ihren Tee tun kann.

Irgendetwas, das langsam tötet und möglichst ohne nachweisbar zu sein." Er war immer schneller und aufgeregter geworden beim Sprechen. Melissa stand auf und sagte ihm, sie würde darüber nachdenken, aber jetzt sollte er gehen. Melissa stand noch am Fenster und sah ihm nach, als er lange verschwunden war. Sie fing an Bücher zu wälzen, aber sie konnte sich nicht recht konzentrieren. Sie war überzeugt davon, dass es ihre Mission war Menschen zu helfen, aber doch nicht so. Andererseits war er in einer Notlage. Melissa ging ins Nebenzimmer und tat etwas, das sie sehr selten tat: Sie fuhr ihren uralt-Laptop hoch und ging ins Netz. Die nächsten Wochen sah sie ihn nicht. Aber sie war sich sicher, dass er wiederkommen würde und dann war es soweit. Eines sonnigen nachmittags stand er wieder vor ihrer Tür. Sie tranken Tee, sahen sich an und redeten wenig. Ein paar Mal versuchte er sie zu fragen, ob sie schon etwas gebraut hatte, aber sie hob jedes Mal abwehrend die Hand und sagte: „Ich brauche noch Zeit."

Melissa sah aufgeregt in den Spiegel. Heute war der Tag, an dem sie es ihm sagen würde. Er klopfte an der Tür und sie öffnete ihm strahlend. Er sah blass aus, irgendwie elend und atmete schwer. Ohne eine Begrüßung setzte er sich an den Küchentisch, lockerte seine Krawatte und wischte sich mit dem Handrücken über die Stirn. Er schwitzte. Melissa goss ihm einen Tee ein und er trank dankbar und durstig. Er fing kurzatmig an zu erzählen, dass es ihm in den letzten Wochen immer schlechter ging, dass er glaubte, das alles wären psychische Symptome und es läge sicher an dem Stress, dem ihm seine Frau mit ihrer Tyrannei aussetzte. Melissa tätschelte kurz seine mit kaltem Schweiß überzogene Hand und er trank wie ein Verdurstender weiter aus dem großen Becher. Schließlich rutschte er langsam vom Stuhl und lag auf dem Boden. Melissa zeigte keinerlei Reaktion. „Melissa, so hilf mir doch. Ich weiß gar nicht, was mit mir los ist. Ich fühle mich.... ich.... ich .... bekomme keine Luft mehr." Ohne sich von ihm abzuwenden rief Melissa in Richtung Nebenraum: „Es ist soweit. Du kannst reinkommen." Das Letzte, was er lebend sah, war seine Frau, die lächelnd auf Melissa zuging und sich vertraut bei ihr unterhakte.

Als er seinen letzten Atemzug getan hatte, legte Melissa den Kopf schief und sagte: "Nimm du die Beine, ich geh an die Kopfseite." Sie versenkten ihn im Moor hinter Melissas Haus und als sie wieder zusammen in der Küche saßen, da sah die Frau sie an und sagte sanft: „Ich danke dir. Ich danke dir von Herzen für alles. Jetzt dauert es nicht mehr lange und ich kann endlich wieder leben. Ein Leben ohne Angst. Ich kann es mir noch gar nicht vorstellen." Sie schlug die Hände vor das Gesicht und weinte leise. Melissa sah in ihren Teebecher und dachte an den Tag vor ein paar Wochen zurück, als er sie zum ersten Mal gebeten hatte, ihm beim Mord an seiner Frau zu helfen. Der Tag, an dem er ihr ein wenig zu freudig erregt gewirkt hatte, bei seiner Bitte ihm etwas zu brauen, das langsam tötet und nicht nachgewiesen werden kann. Sie hatte daraufhin recherchiert; lange und gründlich. Sie hatte, ganz entgegen ihrer Gewohnheiten, ihr Heim für ein paar Tage verlassen und herausgefunden, wo er wohnte. Sie sah ihn selbstsicher das Haus betreten und verlassen. Seine Frau sah sie nie. Sie hörte sie nur weinen und ihn brüllen; beinahe jeden Tag. Eines Tages war sie ihr gefolgt, als sie das Haus verließ. Im Café hatte sie sich wie zufällig an ihren Tisch gesetzt. Sie hatten sich kurz zugenickt und es dauerte eine Weile, bis sie ins Gespräch kamen. Von da an trafen sie sich fast täglich. Sie wurden immer vertrauter miteinander und es war nicht zu übersehen, dass seine Frau überdurchschnittlich oft eine Sonnenbrille trug, obwohl es wegen des Wetters nicht nötig gewesen wäre. Schließlich war der Moment gekommen, wo sie sich Melissa anvertraute. Sie erzählte ihr von der seit Jahren andauernden psychischen und körperlichen Gewalt. Sie fand heraus, dass er einer Scheidung nie zugestimmt hätte, weil er dann mittellos auf der Straße sitzen würde. Die Firma gehörte ihrer Familie, die von ihm als potentiellem Erben nicht begeistert war. Er führte sich schon jetzt wie der Chef auf. Erfolglos hatten sie versucht ihn aus dieser Beziehung rauszukaufen, aber ihm ging es nicht um Geld, zumindest nicht nur. Ihm ging es um Macht, um Einfluss und darum, dass er irgendwann an der Spitze des riesigen Familienimperiums sitzen würde. Er hatte ihr sogar schon angeboten, sie bei ihrem Selbstmord zu unterstützen, falls ihr der

Druck in ihrem Leben zu groß wurde. Sie wusste, dass es ihm ernst war und das führte dazu, dass sie nicht mehr schlief, zumindest nicht nachts, wenn er im Haus war. Melissa hatte sich alles in Ruhe angehört und verschiedene Details aus ihrer Geschichte überprüft, genauso wie sie es auch mit seiner Geschichte gemacht hatte. Die Frau sagte die Wahrheit. Es wurde für Melissa immer schwerer, seine Besuche und seine wehklagenden Geschichten über seine Frau zu ertragen, jetzt, da sie die Wahrheit kannte. Und irgendwann fasste sie einen Entschluss. Die Frau hatte sie fassungslos angesehen, als sie ihr die ganze Geschichte erzählte. Sie versuchte zu fliehen, aber Melissa konnte sie davon überzeugen, ihr bis zum Schluss zuzuhören. In ihrem Gesicht wechselten sich Entsetzen, Überraschung und auch Erleichterung ab. Sie hätte nie damit gerechnet, dass es einen Weg geben könnte, sich von ihm zu befreien. Aber Melissa hatte

Mittel und Wege und sie hatte den Entschluss gefasst dieser Frau zu helfen. Sie hatten sich zusammengetan, um ihn zu schlagen... mit seinen eigenen Waffen und es war ihnen gelungen.

Ich werde dich nie vergessen

Schwer spürte sie sein Gewicht auf sich. Sie liebte diese Momente, in denen er auf ihr lag. Sie fühlte sich so geborgen. Sie streichelte seinen Kopf und schob ihn langsam und vorsichtig von sich herunter. Nachdem sie aus dem Bett geschlüpft war, deckte sie ihn zu. Sie ging in den Flur und nahm das Telefon. Als sie sich selber im Flurspiegel sah, ließ sie das Telefon sinken. Dieser Tag war so anders geendet, als sie es gedacht hatte.

Es war sein Geburtstag gewesen. Sie hatte sich einen wunderschönen Überraschungsausflug für sie beide ausgedacht. Sie wusste, dass auch er eine Überraschung für sie vorbereitet hatte. Sie hatte durch Zufall das kleine Schmuckkästchen in seiner Tasche gefunden. Es hatte ihr fast den Atem geraubt, als sie darin einen wundervollen Ring fand. Ein schlichter Goldring, wunderschön, mit einem kleinen Brillanten. Er hatte ihn gravieren lassen: „Für meine einzige Liebe" stand darin. Ihr waren die Tränen in die Augen gestiegen. Er hatte ihr noch nie gesagt, dass er sie liebte. Es wäre ihr auch irgendwie unpassend vorgekommen, denn sie führten eine, wie nannte man das heute, eine offene Beziehung. Sie waren ehrlich zueinander gewesen. Sie war immer monogam gewesen und auch in dieser Beziehung war er immer der einzige Mann gewesen. Er hatte ihr von Anfang an gesagt, dass diese Art von Exklusivität nicht so sein Ding sei. Und für sie war es okay. Nicht einfach aber okay. Und er war deutlich mehr „bei" ihr, als viele andere Männer, mit denen sie im klassischen Sinne eine Beziehung geführt hatte. Er war von Anfang an anders; sie hatten wundervolle Tage, Abende und Nächte miteinander. Sie sprachen nicht von Liebe, aber sie war sich sicher, dass ihre Beziehung sich nach und nach veränderte. Er belog sie nie und so wusste sie, dass die Frauen, die er neben ihr hatte, immer weniger wurden. Und sie stellte keine Fragen. Sie nahm ihn auch irgendwie als „Übungsobjekt", denn sie hatte in Beziehungen immer das Gefühl ein großes Programm bieten zu müssen, weil sie selber nicht genügte. Das tat sie bei ihm nicht, denn, dass sie nicht genügte, war ja schon Basis ihrer Beziehung. Und sie lernte im Laufe der Zeit, dass das nichts mit ihr zu tun hatte, sondern mit ihm. Sie wusste nicht genau, ob er so viele schlechte Erfahrungen gemacht hatte oder was sonst der Grund dafür war, dass er sich nicht auf eine Beziehung einlassen konnte oder wollte, aber sie machte sich auch keine Gedanken darum. Sie fing an zu verstehen, dass auch sie die gleiche „Macht" hatte wie er. Sie musste nicht bleiben, wenn es ihr zu sehr wehtat und so blieb sie. Sie verliebte sich in ihn. Gut, das war nicht geplant aber es machte sie glücklich.

Dann begann die Zeit, in der sich alles veränderte. Sie verbrachten mehr Zeit miteinander. Sie fragte ihn nicht, aber die Zeit, die sie zusammen verbrachten, lies eigentlich nur den Schluss zu, dass es nur noch eine Frau in seinem Leben gab, nämlich sie. Sie genoss diesen Zustand. Und dann fand sie den Ring und es war klar: Der Moment, den sie nie erwartet hatte, stand unmittelbar bevor.

Sie hatte für diesen Tag alles vorbereitet: Frisör, Waxing, neue Unterwäsche, Maniküre, Pediküre... das volle Programm. Sie buk ihm sogar einen Kuchen, den sie samt Kerzen, Messer zum Anschneiden, Gabeln und Tellern unter dem Bett deponierte. Er rechnete mit

Sicherheit nicht damit und so würden sie dann im Bett auf seinen Geburtstag anstoßen und den Geburtstagskuchen essen. Vor oder nach dem Antrag; das war ihr völlig egal. Aber sie wusste jetzt, dass er sie fragen würde und das verlieh ihr Flügel.

Er holte sie morgens um 9.00 Uhr ab und sie fuhren ans Meer. Sie verbrachten den Tag lachend, schweigend, redend, lesend und schmusend im Strandkorb. Er war so entspannt und sie liebte ihn umso mehr, wenn er so unbeschwert war. Mehrfach schloss sie für einen langen Moment die Augen, sog den Duft dieses Tages in sich ein; speicherte das Gefühl der Wärme auf ihrer Haut und die Geräusche des Meeres und der Möwen. Zusätzlich wusste sie, dass der Mann, den sie liebte, ihr am Abend einen Antrag machen würde. Wer hätte das gedacht. Er wirkte manchmal ein bisschen abwesend und sie konnte es sich nicht verkneifen die typische Frauenfrage: „Woran denkst du gerade?" zu stellen und er hatte nur geantwortet: „Ich bin gerade total entspannt." Sie hatte gelächelt und sie hatten sich lange tief in die Augen gesehen. Die Schmetterlinge überschlugen sich und fast dachte sie, dass er ihr jetzt sagen würde, dass er sie liebte. Aber der Moment ging vorbei und er sagte nichts. Aber sie verstand das. Er hätte sich ja seine Überraschung selber kaputt gemacht. Sie freute sich schon darauf, wenn sie beide auf ihrer Hochzeit diese Geschichte erzählen würden. Dass er diesen Antrag von langer Hand geplant hatte und sie es schon vorher herausgefunden hatte.

Als sie nach Hause kamen spürte sie, wie sich seine Küsse veränderten und diese sie unweigerlich ins Schlafzimmer führen würden. Sie liebten sich leidenschaftlich und sie versuchte sich jeden Moment einzuprägen. All die Jahre, in denen sie so viele schmerzliche Erfahrungen hatte machen müssen würden nach diesem Abend vergessen sein. Er würde sie wieder zu der Frau machen, die sie vor langer Zeit einmal war. Eine liebevolle, gefühlvolle Frau, mit einem großen Herzen, großen Gefühlen und unendlicher Loyalität und Treue, was den Mann an ihrer Seite anging.

Nachdem sie sich geliebt hatten, lagen sie eine Weile schweigend und atemlos nebeneinander. Dann war es einen Moment still und schließlich sagte er: „Mein Engel, ich muss mit dir reden." Sie war auf diesen Moment vorbereitet und trotzdem merkte sie, wie ihr heiß und kalt wurde, jetzt war es tatsächlich soweit. Er nahm ihre Hand und sie flüsterte leise: „Nein, komm her, leg Dich zu mir." Sie zog ihn auf sich, weil sie sich so Geborgen fühlte. Er strich über ihr Gesicht und sie merkte, wie er tief einatmete, sie meinte Tränen in seinen Augen zu sehen und dann fing er an zu sprechen. Er sagte ihr, dass er lange darüber nachgedacht hätte, wie er es ihr sagen sollte, aber es gäbe dafür einfach nicht den passenden Zeitpunkt. Sie lächelte, streichelte sein Gesicht und sagte ihm leise und zärtlich, dass sie den Moment schon ziemlich perfekt fand. Er nickte wortlos und senkte den Blick, sie spürte, wie er einatmete und sich neben sie legen wollte, aber sie hielt ihn davon ab und so nahm er ihr Gesicht in beide Hände und sagte: „Es tut mir so leid, aber ich habe mich in eine andere Frau verliebt. Ich werde sie heiraten, sie bekommt ein Kind von mir." Es war totenstill, bis die Worte in ihrem Bewusstsein angekommen waren. Die Laute, die aus ihrer Kehle drangen, waren nicht menschlich. Sie versuchte sich von ihm zu befreien, aber er hielt sie fest und versuchte sie zu beruhigen. Sie ruderte mit den Armen, versuchte sich von dem Gewicht seines Körpers zu befreien und während sie nach allem Griff, woran sie sich vielleicht festhalten und so unter ihm befreien konnte, griff sie in den Geburtstagskuchen und dann hielt sie das Messer in der Hand. Alles ging so schnell. Als das Messer sich zum ersten Mal in seinen Hals bohrte, weiteten sich seine Augen vor Erstaunen. Auch sie war überrascht. Sie hatte nicht darüber nachgedacht, was sie tat. Sie wollte nur, dass er weg ging von ihr. Einfach nur weg. Sie fühlte sich schmutzig, benutzt und so verletzt und nackt wie noch nie in ihrem Leben und sie wusste, es würde nie anders werden, weil alle Männer gleich waren. Alle. Es gab keine Ausnahmen. Dieser Gedanke verlieh ihr die Kraft das Messer in seinen Hals und seinen Körper zu rammen, bis er aufhörte sich zu bewegen. Dann war alles still. Sie ließ das Messer fallen und fing an zu weinen. Warum? Warum hatte er das getan? Warum war sie nie diejenige, die geliebt wurde? Sie hatte ihn so sehr geliebt. Schwer spürte sie sein Gewicht auf sich.

Sie liebte diese Momente in denen er auf ihr lag. Sie fühlte sich so geborgen. Sie streichelte seinen Kopf und schob ihn langsam und vorsichtig von sich herunter. Nachdem sie aus dem Bett geschlüpft war, deckte sie ihn zu. Sie ging in den Flur und nahm das Telefon. Als sie sich selber im Flurspiegel sah, ließ sie das Telefon sinken. Sie war voller Blut, vielleicht sollte sie erstmal duschen gehen. Sie legte das Telefon weg und ging ins Bad. Auf dem Weg dorthin kam sie am Schlafzimmer vorbei. Als sie ihn dort liegen sah, lächelte sie und küsste ihn noch einmal, wie sie es immer so gerne getan hatte, auf den Hals. Sie sog seinen Duft ein und roch nicht das Blut, sondern wie er gerochen hatte in all der Zeit, die sie zusammen verbracht hatten. Sie rollte sich neben ihm zusammen und weinte. Sie weinte, bis keine Tränen mehr da waren. Dann ging sie ins Bad und duschte all das Blut ab, sein Blut. Sie frisierte sich sorgfältig, schminkte sich und legte etwas Parfüm auf. Dabei achtete sie sorgfältig darauf auch die Stelle an ihrem Hals mit Parfüm zu benetzen, die er so gerne mochte. Wieder stiegen ihr die Tränen in die Augen, als sie zurück ins Schlafzimmer ging. Sie packte einen kleinen Koffer und dann rief sie die Polizei. Sie öffnete die Haustür, nahm ihren kleinen Koffer und stellte ihn neben einen Stuhl am Fenster. Sie setzte sich darauf und wartete. Während sie wartete schaute sie in den blauen Himmel, sie schloss die Augen und hörte das Meer und die Möwen. Noch vor sechs Stunden war sie der glücklichste Mensch auf der Welt gewesen, weil sie wusste, dass er sie liebte. Jetzt waren sie beide gestorben und sie wusste, dass er auch dieses Mal wieder den leichteren Weg beschritten hatte.

Der Mann für mich

Was?! Amelie versuchte verzweifelt den Telefonhörer, den sie zwischen Ohr und Schulter krampfhaft festhielt, nicht fallen zu lassen, während sie zeitgleich versuchte, nicht den Teebeutel in die Tasse rutschen zu lassen, während sie Wasser darauf goss. Der Teebeutel blieb, wo er hingehörte, was man von dem Hörer nicht sagen konnte und so hörte sie gerade nur sehr undeutlich, was ihre Mutter ihr sagte. Wobei, wenn Amelie ehrlich war, gab es kaum einen Teil dieses Gespräches, der wirklich neu war. „Ja, Mama, ich weiß, es heißt nicht „was" sondern „wie bitte." Willst du mir trotzdem nochmal erzählen, was du gerade gesagt hast?". Amelie verdrehte die Augen zur Decke und schmunzelte, typisch ihre Mutter. Sie verstand einfach nicht, dass Amelie nicht mehr fünf war, sondern 25. Amelies Schmunzeln wurde breiter und sie sagte:

„Nein, ich habe nicht die Augen verdreht.... Ja, ich weiß, ich soll nicht lügen." Amelie wusste, wie das Gespräch jetzt weiterging. Ihre Mutter würde nach einer geheimen „Mütter-Liste" die für sie wichtigsten Punkte abhaken. Isst du auch genug Obst und Gemüse? Schläfst du genug? Gehst du regelmäßig raus? Amelie beantwortete jede ihrer Fragen kurz aber geduldig. Allerdings war ihr klar, dass sie das Gespräch jetzt möglichst schnell beenden musste, bevor ihre Mutter zu der Frage kam, deren Antwort ihr nicht gefallen würde. Amelie versuchte den Redefluss ihrer Mutter zu unterbrechen: „Du Mama, ich muss jetzt auch gleich mal Schluss machen. Ich muss noch...", sie stockte einen Hauch zu lang und hörte sich gleich darauf sagen: „Nein, Mama, ich will dich nicht abwimmeln.... Was meinst du damit, was ich noch zu tun habe? Ob ich alleine bin? Ja, natürlich bin ich alleine, wer sollte denn...". Mist, dachte Amelie, voll reingetappt in die sorgsam aufgestellte Falle ihrer Mutter, die, woher zum Geier auch immer, schon wieder ahnte, dass es Neuigkeiten gab. „Nein, Mama, Martin und ich sind nicht mehr zusammen. Nein, Mama, ich habe Schluss gemacht.... Ja, Mama, ich weiß". Amelie holte Luft und sprach unisono mit ihrer Mutter am anderen Ende der Leitung den Satz, den sie sich schon 1000 Mal hatte anhören müssen: „Der Mann für dich muss auch erst noch gebacken werden." Danach war es kurz still, dann mussten beide lachen. Als das Lachen verklungen war, sagte Amelie leise: „Ja, Mama, ich weiß, du möchtest, dass ich glücklich bin. Aber glaub' mir, ich bin alleine viel glücklicher, als mit dem falschen Mann. Und wenn alle Stricke reißen, dann backe ich mir den Mann für mich eben selber. Sagst du nicht immer selbst ist die Frau?". Amelie hörte kurz zu und sagte dann lachend: „Nein, ich hör nicht immer nur, was mir in den Kram passt und im Übrigen muss ich jetzt wirklich auflegen." Ihre Mutter nahm nochmal einen Anlauf und Amelie sagte: „Doch Mama, ich habe jetzt wirklich etwas zu tun, ich muss nämlich dringend Tee trinken und mich von dem anstrengenden Gespräch mit meiner Mutter erholen. Ihre Mutter versuchte kurz empört zu sein, musste dann aber doch lachen. „Bye Mum," sagte Amelie, „grüß mir den Papi. Ich hab euch beide schrecklich lieb. Ja, ich freu mich auch auf Weihnachten. Amelie küsste hörbar die Sprechmuschel des Telefons, wie sie es immer machten am Ende eines Telefonates. Eine liebgewonnene Angewohnheit, die es mindestens schon gab seit sie fünf war.

Amelie nahm ihren Teebecher in beide Hände, stellte sich ans Fenster und sah hinaus. Draußen hatte es schon seit Tagen geschneit und die ganze Siedlung wirkte wie eine romantische Schneelandschaft. Die Häuser der kleinen Siedlung waren so angeordnet, dass sie fast einen Kreis bildeten, in dem sich unter dem Schnee Liegewiesen und Sandkästen verbargen. Selbst die Rutsche und die Schaukel sahen so eingeschneit irgendwie romantisch aus. Amelie pustete in den heißen Tee, um dann vorsichtig einen Schluck zu trinken. Er schmeckte heiß und süß und wärmte sie von innen. Plötzlich überfiel sie die Sehnsucht nach Armen, die sie wärmten, nach einem warmen Körper an ihrem, nach jemandem, der ihr die Haare aus dem Gesicht strich, es in beide Hände nahm und sie wundervoll küsste. Nein, sie hatte keine Sehnsucht nach Martin. Martin war nicht der Richtige. Amelie konnte nicht sagen, woher sie es wusste, aber es war so. In der Ferne sah Amelie einen schon fast wieder eingeschneiten, halb fertigen Schneemann stehen, den die Nachbarskinder offenbar nicht zu Ende gebaut hatten. Amelie dachte an die Worte ihrer Mutter zurück. Musste der Mann für sie wirklich erst gebacken werden? Waren ihre Ansprüche zu hoch? Nein, eigentlich nicht. Eigentlich waren es ganz normale Dinge, die sich Amelie wünschte; fand sie zumindest. Er sollte Humor haben; sie fand es immens wichtig zusammen Lachen zu können. Er sollte ein gutes Herz haben und trotzdem wissen, was er wollte. Er sollte zuhören können aber auch reden. Und er sollte romantisch sein auf eine wundervolle unkitschige Weise. Schöne Hände sollte er haben, schöne Augen, schöne Lippen. Er sollte auch ein eigens Leben mitbringen aber trotzdem gern Zeit mit ihr verbringen. Amelie musste lachen, na gut, vielleicht war sie doch anspruchsvoll. „Der Mann für dich muss erst noch gebacken werden". Amelie gingen die Worte ihrer Mutter nicht aus dem Kopf. Neulich war sie gerade auf der Hochzeit einer Freundin gewesen und die hatte ihr im Vertrauen erzählt, dass sie ihren Bräutigam beim Universum bestellt hatte. Amelie hatte sie mit großen Fragezeichen in den Augen angesehen und wiederholt: „Beim Universum bestellt...", und ihre Freundin hatte ihr erklärt, das Universum funktioniere wie ein Versandhaus: Man sagt was man will und das so konkret wie möglich. Dann sendet man die Bestellung ab und wartet auf die Lieferung. Und genau wie beim Versandhaus wartet man geduldig auf die Bestellung und fragt nicht andauernd nach, wo die Lieferung bleibt oder entscheidet sich ständig um. Amelie musste lachen. Beim Universum bestellt. So ein Blödsinn. Dann könnte sie ihn ja auch gleich beim Weihnachtmann bestellen. Amelie runzelte die Stirn: Warum eigentlich nicht, dachte sie sich. Ich bestelle meinen Traummann beim Weihnachtsmann und dann würde sie ihrer Mutter sagen, die Bestellung liefe und sie solle jetzt in Ruhe abwarten. Natürlich konnte man seine Bestellung an den Weihnachtsmann auch ergänzen, wenn einem noch etwas wichtiges einfiel, nicht so, wie bei dem blöden Universum. Amelie hatte den Teebecher weggestellt und sich Winterstiefel, eine dicke Jacke, Schal und Handschuhe angezogen. Als sie eingemummelt wie ein Eskimo gerade rausgehen wollte, fiel ihr ein, dass sie keinen „Bestellzettel" geschrieben hatte. Alles wieder auszuziehen wollte sie auch nicht. Also nahm sie den dicken Filzstift, der im Flur lag und schrieb auf ein Stück Papier: „Lieber Weihnachtsmann, ich wünsche mir, dass Du mir den passenden Mann bringst. Er sollte Humor haben." Damit war das Stück Papier voll. Egal, dachte Amelie ist ja nur ein Spaß. Sie stapfte raus in den Schnee. Es war kalt, die Luft war wundervoll und der Schnee, der im Schein der Laternen fiel, sah so... romantisch aus. Amelie schüttelte über sich selber den Kopf: Sie hatte ein Romantik-Defizit, anders ließ es sich nicht erklären, dass sie gerade sogar den Schnee, der objektiv gesehen einfach nur kalt und nass war, „total romantisch" fand.

Amelie baute sehr konzentriert und mit viel Spaß an „ihrem Traummann" aus gefrorenem Wasser. Etwas größer als sie sollte er sein. Nicht zu dünn, nicht zu dick, einfach genau richtig für sie. Amelie merkte, dass sie nicht besonders konkret war, was die Vorstellung ihres Traummannes anging, aber ihr war auch einfach nur wichtig, dass das Gefühl zwischen ihnen stimmte. So eine unerklärliche Magie, die nur sie beide fühlen konnten. Amelie wusste genau, dass es so etwas gab, denn sowohl ihre Mutter als auch ihre Großmutter hatten ihr immer die schönen Geschichten erzählt, wie sie ihre Traummänner getroffen hatten. Amelie stammte aus einer Familie in der die Frauen ihre Traummänner fanden und sie hatte nicht vor, mit dieser Tradition zu brechen. Während

Amelie eine große Schneekugel rollte, verlor sie das Gleichgewicht und fiel in den Schnee. Völlig außer Atem von der Anstrengung blieb sie liegen. Sie überlegte kurz, ob sie wohl jemand sah und dachte sich dann: egal. Sie fing wie wild an, Arme und Beine zu bewegen, um einen Schnee-Engel zu machen. Sie sprang auf und betrachtete zufrieden ihr Werk. Nicht schlecht, dafür, dass der letzte Schnee-Engel, an den sie sich erinnerte, schon 15 Jahre her war.

Jonas versuchte möglichst unauffällig am Fenster zu stehen. Das Licht im Zimmer hatte er ausgemacht, seit er gesehen hatte, dass sie aus dem Haus kam und anfing.... einen Schneemann zu bauen? Unfassbar. Sie baute tatsächlich einen Schneemann und dabei schien sie mit sich selbst zu sprechen. Nicht dass er es von dort, wo er stand, wirklich hätte erkennen können. Aber so energisch, wie sie alles was sie tat mit ausholenden Bewegungen unterstrich, schien sie einen Plan zu haben. Sie sah wunderschön aus im Licht der Laterne. Sie trug eine rote Mütze und ihre blonden Locken reichten ihr bis über die Schultern. Ihre Wangen waren gerötet und Jonas sah, wie sie anfing zu lachen. Er liebte ihren Mund, er war einfach perfekt! Er hatte schon oft Gelegenheit gehabt sie anzusehen. Sie gingen häufig „zusammen" zur Bahn. Nicht, dass sie auch nur eine Ahnung hatte, dass es ihn gab. Er hatte erst gar nicht gemerkt, dass er sich in sie verliebte. War ja auch totaler Blödsinn. Sie kannte ihn nicht und sie würde ihn auch niemals bemerken. Er war kein Mann, in den sich Frauen auf den ersten Blick verliebten. Er brauchte länger um zu „wirken." Nicht, dass er jetzt der große Frauenheld war aber die Freundinnen, die er gehabt hatte, hatten ihm genau das bestätigt. Sie hätten ihn am Anfang gar nicht wahrgenommen, aber umso öfter sich mit ihm unterhielten, umso mehr war er ihnen nicht mehr aus dem Kopf gegangen. Er wusste, dass sie Amelie hieß, etwa 1,70 m groß war und damit einen Kopf kleiner als er. Er wusste, dass sie wunderschön war, mit einem Gesicht wie ein Engel und einem Mund, der nicht nur perfekt war, sondern auch schimpfen und fluchen konnte. Er benahm sich wie ein Teenager aber es war ihm egal was sie sagte, Hauptsache er hörte ihre Stimme. Und die hatte er schon oft gehört. Sie telefonierte oft, wenn er sie sah. Er wusste nicht, wie er sie ansprechen sollte und sie würde ihn nie bemerken, er war einfach zu durchschnittlich. Meistens störte ihn das auch nicht, es konnte schließlich nicht jeder herausragend besonders sein. Im Radio lief Eric Clapton und sang „Wonderful tonight" und Jonas wünschte sich, dass Amalie jetzt bei ihm wäre. Aber stattdessen war sie offenbar fertig und zufrieden mit ihrem Schneemann und auf dem Weg zurück in ihre

Wohnung. Aber dann ging sie nochmal zurück und er sah, dass sie dem Schneemann irgendwas unter den Schneearm steckte, ihm nochmal kumpelhaft auf die Schulter klopfte und nach drinnen ging. Er würde zu gerne wissen, was der Schneemann da jetzt unter dem Arm hatte. Aber er konnte ja schlecht hingehen und nachsehen. Das wäre ja ultra-peinlich, wenn sie ihn durch ihr Fenster sehen würde. Doch in diesem Moment sah Jonas, wie das Licht in ihrem Fenster erlosch. Offenbar ging sie schlafen. Kurz entschlossen nahm Jonas seine Jacke, schlüpfte in seine Stiefel und ging nach draußen, bevor er es sich wieder anders überlegte. Als er zu dem Schneemann kam, staunte er nicht schlecht, als er sah, dass dieser eine Art Flaschenpost unter dem Arm trug. Mit einem Anflug von schlechtem Gewissen nahm er die Flasche und zog den Zettel heraus: „Lieber Weihnachtsmann." Er hätte fast laut losgelacht, als er ihren Zettel gelesen hatte. Sie wünschte sich einen passenden Mann. Passend.... Was verstand sie denn unter „passend"? Und er sollte Humor haben. Mit Humor konnte Jonas etwas anfangen. Er sah den Schneemann kurz an und ging wieder nach drinnen. Dort machte er zuerst an das Wort „Humor" einen Haken und stopfte den Zettel wieder in die Flasche. Dann ging er wieder hinaus in den Schnee. Beim Rausgehen nahm er sich noch aus der Obstschale eine Banane mit. Als er mit der Banane in der Hand vor dem Schneemann stand, überlegte er mit einem kurzen Blick nach unten, ob er dem Schneemann vielleicht einen .... JONAS! rief er sich in Gedanken zur Ordnung. Er sah sich schon in Handschellen als Triebtäter abgeführt, weil die Frauen in der Siedlung den Schneemann mit einer Banane im Schritt sicher weniger als Scherz, als eine sexuelle Belästigung empfinden würden. Aber das war ja auch gar nicht sein Plan gewesen. Er führte die Banane ihrer Bestimmung zu und steckte die Flaschenpost zurück in den Schneemann. Er war gespannt, wie sie reagierte, falls sie reagierte.

Amelie hatte verschlafen am nächsten Morgen. Sie telefonierte mit ihrer Kollegin, um Bescheid zu sagen, dass sie später kam und versuchte sich zeitgleich anzuziehen. Das Letzte, was sie sah, bevor sie bei dem Versuch auf einem Bein hüpfend ihre Socke während des Telefonats anzuziehen, war der Schneemann, der nicht mehr ganz so aussah wie sie ihn gestern zurückgelassen hatte. Er hatte jetzt eine Banane als Mund und sah aus, als würde er grenzdebil grinsen. Amelie musste unwillkürlich lachen. Auf dem Weg zur Bahn ging sie kurz zu dem Schneemann und sah sich die Flaschenpost an. Die Banane war kein Zufall oder ein Kinderstreich... jemand hatte an die Worte

„passender Mann" und „Humor" Haken gemacht. Amelie ging zur Bahn und war verwirrt. Wer war denn das gewesen? Hatte sich eines der Kinder einen Spaß erlaubt? Wäre es nur die Banane gewesen, wäre sie sich sicher gewesen, aber die Haken auf dem Zettel...?

Amelie erzählte ihrer Arbeitskollegin, mit der sie sich schon lange angefreundet hatte, von dieser mysteriösen Schneemannverwandlung und sie beide heckten einen Plan aus.

Als Amelie nach Hause kam, wartete sie noch eine Weile, dann ging sie hinaus und wechselte die Zettel in der Flaschenpost. Sie stand am Fenster und wartete. Sie kam sich ein bisschen so vor, wie früher, als sie immer auf den Weihnachtsmann gewartet hatte. Unwillkürlich hielt sie den Atem an und lauschte, so wie früher als ihre Mutter am Vorabend des Weihnachtsabends immer sagte: „Hast du die Glocken und die Hufe gehört? Der Weihnachtsmann ist auf dem Weg zu uns, mit seinem Schlitten; du musst jetzt schnell schlafen, sonst kommt er nicht." Amelie bemühte sich nach Leibeskräften wachzubleiben, aber irgendwann nickte sie auf dem Stuhl ein.

Jonas war beinahe selber eingeschlafen, während er darauf wartete, dass Amelie endlich einschlief. Er musste lange warten, aber schließlich sah er, wie ihr der Kopf auf die Brust fiel und sie offenbar eingeschlafen war. Er schlich sich zum Schneemann, holte die Flasche und versteckte sich, nur für den Fall, dass sie aufwachte, neben dem Haus. Dann holte er den Zettel aus der Flasche und las: Ich wünsche mir einen Mann, der versucht mir die Wünsche von den Augen abzulesen. Jonas musste grinsen. Von den Augen ablesen ist problematisch, wenn man sich noch nie wirklich in die Augen gesehen hatte. Allerdings konnte Jonas in dem Fall den Wunsch von ihren Lippen ablesen; wie gesagt, sie telefonierte sehr oft, wenn sie einander zufällig begegneten. Er wusste, dass sie Wasser liebte und neulich hatte sie am Telefon gerade zu einer Freundin gesagt, sie bräuchte dringend mal eine Auszeit und jemanden, der sie energisch einfach zu einem Entspannungstermin schickte, ohne dass sie sich selber darum kümmern musste. Jonas sah noch einmal zu Amelies Fenster: Sie schlief noch immer tief und fest. Mit eiligen Schritten ging er zurück in seine Wohnung. Er schaltete den Computer an und suchte im Internet, etwas, von dem ihm gestern ein Freund erzählte, der meinte, er solle sich mal locker machen, er wäre ja total unentspannt im Moment. Ah ja, da war es. Jonas druckte es aus und steckte die Seite zusammen mit

Amelies Zettel zurück in die Flasche. Natürlich nicht ohne wieder einen Haken an ihren Wunsch zu machen. Jetzt aber schnell zurück zum Schneemann, nicht dass sie noch aufwachte bevor der Wunsch erfüllt war. Jonas schaffte es gerade noch dem Schneemann die Flasche wieder in den Arm zu drücken und um die nächste Ecke zu verschwinden, da wachte Amelie auf.

Mist, dachte Amelie, jetzt war sie doch kurz eingenickt. Sie sah auf die Uhr und zog eine Augenbraue hoch: Kurz!? Sie hatte ganze zwei Stunden geschlafen und fühlte sich etwas kreuzlahm. Sie beschloss ins Bett zu gehen. Als sie schon auf dem Weg ins Bad war, fiel ihr wieder ein, warum sie überhaupt am Fenster gesessen hatte. Sie rannte zurück. Sah der Schneemann verändert aus? Sie war sich nicht sicher. Egal, dachte Amelie, ich kann sowieso nicht schlafen, wenn ich nicht nachsehe. Also rannte sie raus und fand ihren Zettel wieder mit einem Haken und ... einen Gutschein für einen Floating-Termin. Das wollte sie immer schon mal machen. In Salzwasser schweben. Das sollte gut für die Haut sein, und entspannend und .... hatte sie nicht neulich gerade mit einer Freundin am Telefon darüber gesprochen.... Amelie schwankte zwischen „jetzt wird die Sache langsam gruselig" und „wie aufregend." Amelie entschied sich für Letzteres. Es hatte sich also jemand entschieden, ihre „Schneemann-Wunsch-Box-Challenge" anzunehmen und gab sich wirklich große Mühe ihre Wünsche zu erfüllen. Amelie war beeindruckt. Irgendwie kreativ war er offenbar auch. Sie hatte zwei Stunden geschlafen; viel Zeit hatte er nicht gehabt für die Umsetzung seiner Idee. Was wünschte sie sich noch? Der Mann an ihrer Seite sollte ein Familienmensch sein, jemand, der sich gerne um andere kümmerte, klang altmodisch aber irgendwie einen „Versorger." Amelie hatte keinen konkreten Plan aber Kinder sollte es schon irgendwann geben. Amelie formulierte ihren Wunsch und steckte die Flasche am Abend zurück in den Schneemann. Beim Zurückgehen sah sie sich um. Die umliegenden Häuser sahen aus wie überdimensionale Adventskalender. Alles war weihnachtlich dekoriert, fast überall brannte Licht und man sah Menschen in ihren Küchen den Abendbrottisch für die Familie decken. Amelie merkte, wie sehr sie ihre Eltern in diesem Moment vermisste. Sie freute sich schon darauf Weihnachten nach Hause zu fahren und einfach wieder Kind zu sein. Die Weihnachtstage mit ihren Eltern waren immer etwas ganz Besonderes. Amelie ging zurück in ihre Wohnung, machte sich einen Tee und schaltete das Radio an. Der Wetterbericht sagte Tauwetter an. Sie sah blicklos aus dem Fenster und ärgerte sich schon jetzt darüber, dass sie bestimmt wieder nasse Füße bekommen würde bei Tauwetter. Es war meistens grau, matschig und einfach ekelig, wenn der Schnee schmolz. Mit einem Mal war Amelie hellwach. Der Schnee schmolz! Und der Schneemann schmolz damit auch. Und dann? Amelie beschloss abzuwarten, ob der geheimnisvolle Unbekannte, ihr Schneemannspiel überhaupt weiter mitspielte.

Als Amelie am nächsten Morgen aufwachte, herrschte ein unbeschreiblicher Lärm vor ihrem Fenster. An ihrem Schneemann stritten sich bestimmt 20 kleine Piepmätze unterschiedlichster Art um die an dem Schneemann sorgsam angebrachten Meisenknödel. Er hatte sie versorgt. Amelie lachte und während sie sich gut gelaunt fertig machte für die Arbeit, war ihr klar, dass sie ihren unbekannten Wunscherfüller kennenlernen wollte. Unbedingt. Also schrieb sie diesmal einen Brief und steckte ihn in die Flasche. Vorsichtig, um die Piepmätze nicht zu erschrecken, steckte sie die Flasche in den Schneemann. Sie wusste, dass es verrückt war, aber sie hatte ihm eine Art Liebesbrief geschrieben. Einen Brief, der ihm sagen sollte, wie sie war, wie sie sich ihr Leben vorstellte und dass ihr beim Schreiben selber auffiel, dass es noch vieles gab, dass sie gemeinsam mit dem Mann an ihrer Seite erleben und herausfinden wollte. Sie wünschte sich jemanden, der ihr Herz im Sturm eroberte.

Als Amelie am Abend von der Arbeit zurückkam, war der Schneemann weg, die Flasche allerdings auch. Das war's dann wohl, dachte Amelie und ging ein bisschen enttäuscht in ihre Wohnung.

Jonas hatte in der Nacht kaum ein Auge zugemacht. Immer wieder dachte er über Amelies Brief nach und las ihn bestimmt hundert Mal. Alles, was sie sich wünschte, könnte er ihr geben, wenn sie es wollte. Konnte es wirklich sein, dass es so leicht war? Dass sie wirklich einfach zusammengehörten? Nach einer schlaflosen Nacht fasste Jonas einen Plan.

Amelie entschied sich für einen Abend mit Tee vor dem Fernseher. Sie hatte viel gearbeitet in der letzten Zeit und sich einen entspannten Abend mehr als verdient. Draußen sah es ohne den Schnee nicht mehr halb so schön aus wie vorher. Die Nächte hatten an Zauber verloren. Amelie stand in der Küche und kochte sich einen frischen Tee, da hörte sie auf einmal Musik. Aber nicht irgendwelche Musik. Es war die Filmmusik von „Drei Nüsse für Aschenbrödel", einen Film, den Amelie schon unzählige Male gesehen hatte. Sie ging zum Fenster und konnte es kaum glauben. Dort, wo bis gestern der Schneemann gestanden hatte, brannte ein großes Herz und in der Mitte des Herzens stand ein Name: Jonas. Und neben dem Herz stand ein Mann und lächelte ihr zu. Amelie überlegte keine Sekunde. Sie griff sich ihre Schuhe und ihren Mantel und verschwendete keinen Gedanken daran, dass sie für ein erstes Treffen nun wirklich nicht zurechtgemacht war. Sie rannte hinaus und alles fühlte sich vertraut und richtig an. Gerade noch rechtzeitig fiel ihr ein, dass sie ihn ja nicht einfach umarmen konnte. Sie bremste ab und kam atemlos genau vor ihm zum Stehen. Er hielt ihr seine Hand hin und sagte leise: „Hallo, ich bin Jonas," und Amelie sagte genauso leise: „Hallo, ich bin Amelie," und Jonas sah sie an, grinste breit und sagte ohne ihre Hand loszulassen: „Ich weiß!"

„Ach Kind, ich mach mir doch nur Sorgen. Ja, ich weiß, ich muss mir keine Sorgen machen, Du bist schon alt genug. Isst Du denn auch genug? Obst und Gemüse? Und geh auch mal raus. So ein Spaziergang ist wichtiger als man denkt. Ja, ich weiß, du hast nicht viel Zeit, aber was ist denn mit deinem Freund, wie hieß er doch gleich noch? Ach ja, Julius. Ach, nein, wirklich. Das ist aber schade. ... ich möchte doch nur, dass du glücklich bist. Natürlich sollst du nicht irgendeinen Mann nehmen. Du weißt auch genau, dass ich das nicht meine. Aber ich glaube," und den nächsten Satz sprachen sie gemeinsam, „der Mann für Dich, muss auch noch gebacken werden." Ihre Tochter lachte am Telefon und sie sah aus dem Fenster und dachte zurück an die Zeit, als ihre Mutter diesen Satz immer zu ihr gesagt hatte. In diesem Moment sah sie ihren Mann die Auffahrt heraufkommen und sagte zu ihrer Tochter: „Warte einen Moment, dein Vater kommt gerade, der möchte bestimmt auch noch kurz mit dir sprechen." Sie musste lächeln, als ihr Jonas, überschwänglich wie immer, eine Kusshand zuwarf und sie den Kuss lächelnd auffing und an ihr Herz drückte. Dann ging Amelie zur Tür, um Jonas hereinzulassen, damit er mit ihrer Tochter sprechen konnte, die in ein paar Tagen zu Weihnachten wieder nach Hause kommen würde.

Weihnachtstradition

Es war das erste Mal, dass alle Weihnachten zu ihm kommen würden. Worauf hatte er sich da bloß eingelassen. Alles hatte damit angefangen, dass seine Mutter ihm vorgeworfen hatte, dass er immer zu spät kam und er ihr darauf antwortete, dass sie ja keine Ahnung hatte, wie stressig die ganze Vorweihnachtszeit war, und dann immer noch die 400 km nach Hause zu fahren. Seine Mutter hatte nichts erwidert. Als sie ihren legendären Gänsebraten servierte, hatte sie verkündet, dass er beschlossen hatte, nächstes Jahr Weihnachten bei sich auszurichten. Alle lachten herzlich. Er auch. Das Jahr hatte 12 Monate und bis zum nächsten Jahr hatte seine Mutter es eh vergessen. Sie würde wie immer zusammen mit seinem Vater und seinen Nichten und Neffen zum Weihnachtsbaumschlagen fahren und später in der warmen Stube bei Glühwein und Zimtsternen alle zusammen den Baum schmücken.

Wie sehr hatte er sich getäuscht.

Anfang Dezember rief seine Mutter an und fragte freundlich aber bestimmt, wann sie denn am Weihnachtsabend da sein sollten. Und ihm blieb nichts übrig als gepresst „15 Uhr" zu sagen. Es war immer 15 Uhr, wenn sie sich an Weihnachten trafen.

Jetzt hatte er schon Tage damit verbracht einen Baum zu besorgen. Als er ihn zu Hause hatte, fiel ihm ein, dass er weder einen Baumständer noch irgendwas zum Schmücken hatte. Also wieder los in die vollen Geschäfte. Gestern hatte er von einer

Freundin eine Weihnachtskarte bekommen, in welcher diese ihm schrieb wie sehr sie sich darauf freue, wenn sie an Weihnachten mit ihrer Familie in die Kirche ging und sie danach alle zusammen aßen. Kirche!! Ihm war ganz seltsam zumute geworden. Seine Familie ging Weihnachten auch immer gemeinsam in die Kirche. Nur hatte er nicht mal wirklich eine Ahnung, wo bei ihm die nächste Kirche war und um welche Zeit der Gottesdienst stattfand. Man konnte es schlicht zusammenfassen damit, dass er nichts von allem organisiert bekam. Gut, der Baum stand mittlerweile und war auch nicht ganz so schief wie gedacht aber von weihnachtlicher Stimmung, weihnachtlichem Duft in der Wohnung, war er weit entfernt.

Am Morgen des Heiligen Abend war er mit den Nerven am Ende. Der Baum hatte bereits die Hälfte seiner Nadeln verloren, was vielleicht daran lag, dass ihm nicht bewusst gewesen war, dass man diesen auch hin und wieder mit Wasser versorgen sollte. Nun war es zu spät und der Baum sah aus, wie eine gerupfte Weihnachtsgans. Weihnachtsgans.... WEIHNACHTSGANS! Er hatte die Gans noch nicht beim Fleischer abgeholt und ein Blick auf die Uhr sagte ihm, dass es jetzt sowieso schon sehr knapp werden würde, den Weihnachtsvogel rechtzeitig fertig zu bekommen. Er ließ den Staubsauger liegen mit dem er gerade die Nadeln des Baumes aufsaugen wollte und stürmte nach draußen. Großartig! Der Paketbote hatte seinen Wagen zugeparkt. Egal, er hatte jetzt weder Zeit zum Warten noch sich darüber aufzuregen. Also schnappte er sich sein Fahrrad, das immer griffbereit im Hof stand. Er raste los, als wäre der Weihnachtsmann persönlich hinter ihm her und hätte dabei beinahe ein studentisches Aushilfsexemplar der gleichen Gattung umgefahren. Nachdem man sich im

Forteilen gegenseitig wenig weihnachtlich beschimpft hatte und er noch drei rote Ampeln ignorierte, stand er endlich vor dem dunklen Fleischereigeschäft, welches seit 30 Minuten geschlossen hatte. Das Schild im Fenster wünschte allen Kunden ein frohes Weihnachtsfest. Er lehnte sich an die geschlossene Glastür. Vollkommen ausgelaugt und verschwitzt von der eiligen Fahrt, rutschte er an der Glastür herunter, nahm seine Mütze ab und saß deprimiert im Eingang des Fleischereigeschäftes. Gerade dachte er, dass es nicht schlimmer werden konnte, als ihm ein Mann im Vorbeigehen einen Euro in seine Mütze warf. Fassungslos rappelte er sich auf und trottete, sein Fahrrad deprimiert neben sich herschiebend, wie ein geprügelter Hund nach Hause. Als er sein Fahrrad im Hof anschloss, hörte er Kinderlachen und Weihnachtsmusik, was ihm fast die Tränen in die Augen trieb. Nicht mehr lange und seine ganze Familie würde auf der

Matte stehen, um bei ihm Weihnachten zu feiern und er hatte nichts aber auch wirklich gar nichts auf die Reihe bekommen.

Er schlich in den zweiten Stock seines Wohnhauses und schloss seine Tür auf, wieder hörte er Weihnachtsmusik und sie schien.... aus seiner Wohnung zu kommen. Genau wie das Kinderlachen. Er verstand nicht, was da gerade vor sich ging, als schon seine Nichten und Neffen an ihm hingen und wie Flummis auf und ab hüpften. Sein Vater war gerade dabei, den Baum, der deutlich frischer aussah, als das Exemplar, das er aufgestellt hatte, zu schmücken. Es roch nach Weihnachtsbraten. Nicht einmal die mit Nelken gespickten Orangen, die seine Mutter immer zu Weihnachten auf den Heizungen verteilte, damit sie einen weihnachtlichen Duft erzeugten, fehlten. Wie selbstverständlich kam seine Mutter mit einer

Küchenschürze bekleidet aus seiner Küche und er sah, dass der Braten bereits im Ofen briet. Seine Mutter kam auf ihn zu, nahm sein Gesicht in beide Hände und küsste ihn, wie sie es immer tat. „Frohe Weihnachten, mein Junge", sagte sie zu ihm, als wäre es das Selbstverständlichste von der Welt, dass sie sich, wie immer, um alles gekümmert hatte, trotz der Anreise von 400 Kilometern.

„Mama", fing er an und wusste nicht so genau, wie er sich bei seiner Mutter entschuldigen sollte. Ihm war im Laufe der letzten Tage längst klar geworden, was für eine unfassbare Leistung seine Mutter bereits sein Leben lang an den Tag gelegt hatte, in dem sie der ganzen Familie ein Weihnachtsfest bescherte, an dem sich alle geborgen und wohl fühlten und sich stets nur an den gedeckten Tisch setzen mussten. „Ist schon gut, mein Junge," sagte seine Mutter und lächelte.

Als sie später alle um den schön gedeckten Tisch saßen und zufrieden die Weihnachtsgans verspeisten, schlug er mit dem Messer vorsichtig an sein Glas, räusperte sich verlegen und sagte: „Ich freue mich sehr, dass wir Weihnachten wieder alle zusammen verbringen. Ich habe in den letzten Tagen viel darüber gelernt, was Weihnachten für mich bedeutet und auch, was ihr und ganz besonders du, Mama, für uns Kinder geleistet habt und immer noch leistet. Ich danke dir dafür, dass Weihnachten in unserem Hause eine Tradition ist." Seine Mutter lächelte, blinzelte eine Träne der Rührung weg und sagte dann trocken: „Und ich finde, dafür kann man dann auch durchaus mal 400 km fahren." Er zog eine Schnute, konnte sich aber dann ein Lachen nicht verkneifen; alle stimmten mit ein, prosteten sich zu und tranken darauf, dass sie noch viele Weihnachten zusammen verbringen würden – die dann allerdings wieder bei Mama.

Genre: Deutsch Pop
Label: Sel Kaya Records
Copyright: 2012 Sel Kaya Records
Erscheinungsdatum: 25. Mai 2012
Format: Compact Disc (CD)
Gesamtlänge: 17:54
EAN: 4250618720937

Titel:
1. **Bei Dir sein (2:52)**
2. **Leben (4:02)**
3. **Traumhaut (3:44)**
4. **Wie lange noch (3:29)**
5. **Fliegen (3:47)**

CD „Traumhaut" erhältlich über alle gängigen Shops und über www.selkayarecords.com

Titel: Paris

- Ursprüngliches Erscheinungsdatum : 11. September 2015
- Erscheinungstermin: 11. September 2015
- Label: Sel Kaya Records
- Copyright: Sel Kaya Records
- Dauer: 3:36 Minuten
- Genres:
- ASIN: B014H378PK erhältlich als download bei Amazon.de

www.aufgepowert.de

Ganzheitliches Vocalcoaching für
Rock/Pop-Gesang
für Anfänger, Fortgeschrittene und
Profis

Alle Bücher von Tanja Wahle gibt es hier:

www.buch.guru